www.tredition.de

Man sagt: Vergessen ist heilsam.

Aber das gilt nur für Individuen. Die Menschheit darf nicht vergessen, weil sie sonst ihre Fehler wiederholt. Wir können den Wert unseres Lebens nur dann schätzen, wenn wir die Alternativen kennen.

Für eine vergessene Generation

Rolf Zenner

Am Endes des Weges

www.tredition.de

© 2010 Autor: Rolf Zenner   Verlag: tredition GmbH
www.tredition.de
Printed in Germany

ISBN: **978-3-86850-891-8**

Bibliografische Information der Deutschen Nationalbibliothek
Die Deutsche Nationalbibliothek verzeichnet diese Publikation in der Deutschen Nationalbibliografie; detaillierte bibliografische Daten sind im Internet über http://dnb.d-nb.de abrufbar.

Der Mann sitzt mit seiner Morgenzeitung in seinem Lieblingssessel im Wohnzimmer. Aus der Küche nimmt er unterschwellig Arbeitsgeräusche wahr. Die Frau werkelt leise summend in der Küche. In der Luft liegt der wohltuende Geruch von frischem Kaffee.

Das schwere Pendel der Wohnzimmeruhr tickt gleichförmig und beruhigend.

Das dominierende Möbelstück des Raumes ist der große Schrank aus Eiche. Echter deutscher Eiche. Ein Kindheitstraum, ein Sparziel, die Erfüllung eines lang gehegten Wunsches und Beweis eines kleinen persönlichen Erfolges. Und doch nur ein Möbelstück, das irgendwann auf dem Müll landet.

Die Wohnung ist, wie man so sagt, altmodisch eingerichtet. Kleine Spitzendeckchen liegen auf jeder ebenen Möbelfläche um Kratzer zu vermeiden. In allen möglichen Ecken befinden sich Porzellanfiguren, Bronzeteller, Schnitzereien und Vasen aus Kristallglas. An einer Flurwand hängen Fotos von den Kindern und Enkelkindern. Es sind auch ein paar grellbunte Bilder dabei, welche die Enkel gemalt haben. Stille Lebensbegleiter, von denen jeder einzelne eine eigene Geschichte zu erzählen hat. Schöne Grüße aus der Ferne oder auch Zeugen für schlechtes Gewissen.

Auf einem Sideboard stehen messingumfasste Fotorahmen. Schwarzweiß, vergilbt und doch immer noch voller Lebendigkeit. Einige der Fotos haben einen Zickzackrand.

Auf einem der Fotos sieht man einen Mann und eine Frau – beide Anfang Zwanzig. Sie sitzen auf einer Rasenfläche, im Hintergrund das alte Kaffeehaus, das später im Krieg zerbombt wurde. Der Mann trägt einen schwarzen Anzug und ein weißes Hemd. Die junge Frau ein geblümtes Sommerkleid, Perlenkette und einen großen, weißen Sonnenhut. Die Farbe ihrer Haare ist auf der

Schwarz-Weiß-Aufnahme nicht zu erkennen; die Wildheit dieser Lockenpracht, welche ein zartes Gesicht aus Elfenbein umrahmt, jedoch um so mehr. Die beiden jungen Menschen machen den Eindruck, als seien sie überrascht worden. Die Frau hat ihren Mund etwas geöffnet und scheint ihre rechte Hand an ihren Mund führen zu wollen. Das Gesicht des Mannes scheint eine Mischung aus Verwirrung und Ärger auszudrücken. Er sieht aus, als wäre er gerade gestört worden. Zwischen den Beiden – auf dem Rasen – steht ein kleiner Rosenstrauch in einem Blumentopf. Die Szene wirkt dynamisch und verschwommen, als sei sie innerhalb einer Bewegung aufgenommen worden. Und trotzdem ist es nur ein vergilbtes Foto, das seit Jahrzehnten immer die selbe Szene zeigt.

Der Mann und seine Frau leben alleine in dem Haus; ihrem Haus. Es ist, neben den vier erwachsenen Kindern, der ganze Stolz des Ehepaares.

„Wir haben viel Glück gehabt!", sagen die beiden jedes Mal, wenn sie mit den wenig verbliebenen Freunden und Bekannten über den Krieg und die schlimme Zeit danach reden.

„Die meisten Frauen haben damals einen Krüppel zurückbekommen. Viele Männer und Söhne liegen irgendwo vor Russland oder an der Westfront. Ich bin wieder zurückgekommen, habe meine Familie aus der Evakuierung zurück in unser Dorf gebracht. Ja und dann haben wir unser Haus eben wieder aufgebaut!"

Die Zeitung raschelt, als der Mann eine Seite umblättert. Er räuspert sich.

„Hast Du schon gelesen? Wir haben einen neuen Bürgermeister!"
Aus der Küche hört man keine Antwort. Die Frau ist gerade dabei, heißes Wasser über ein Instantpulver zu gießen. Die Steinpilzsuppe isst der Mann seit Jahren, seit seinem ersten Herzinfarkt, zu jedem Frühstück. Steinpilzsuppe, ein Wurst- oder Käsebrot, dunkel muß es sein, aber nicht zu hart, und dazu eine schöne große Tasse

Malzkaffee. Den richtigen Kaffee darf er nicht mehr trinken, wegen seinem Herzen.

Den trinkt seine Frau. Eine Tasse zum Frühstück und eine nach dem Mittagsschläfchen.

„Der neue heißt , Bischof, Helmut Bischof".

Wieder keine Antwort. Doch das scheint den Mann nicht zu stören.

„Nach dem Bild zu urteilen, ist der nicht mal dreißig Jahre alt!"

Die Frau tritt aus der Küche, putzt sich die Hände an der Schürze ab und sagt mit nachdenklichem Gesicht: „Helmut? Ist das nicht der Jüngste vom alten Bischof, der aus der Mühlengasse? Der wollte doch Juristerei studieren!"

„Stimmt. Jetzt wo Du's sagst! Ich glaube, Du hast recht. Das könnte er sein. Hier steht, er hat in Frankfurt Jura studiert."

„Muss man dazu extra nach Frankfurt?"

Der Mann lacht kurz auf. „Ich glaube nicht!"

Die Frau bindet sich die Schürze ab und wischt sich erneut daran ihre pergamenthäutigen Hände trocken.

„Dann komm jetzt, wir wollen Essen."

„Hast Du meine Brille gesehen?"

„Deine Brille ist da, wo sie hingehört!"

„Ich rede ja nicht von meiner Lesebrille, ich meine die Andere."

„Die liegt auf der Kommode im Flur, ... wo sie hingehört."

„Seit wann gehört die Brille auf die Kommode?"

„Seitdem Du nicht mehr weißt, wo Du Deine Sachen hinlegst. Geh nur und setz Dich schon mal hin. Ich bring Dir Deine Brille."

Der Mann erhebt sich mühevoll aus seinem Sessel. Die Schmerzen im Rücken und das taube Gefühl in den Beinen ist heute nicht so schlimm wie sonst.

„Die neuen Tabletten scheinen zu helfen!", denkt der Mann.

„Na dann ist's recht", sagt die Frau und kommt mit der Brille in die Küche.

Der Mann kichert albern als er merkt, dass er soeben laut gesprochen hat.

Mit schleifenden Schritten bewegt er sich langsam in Richtung Küche und lässt sich mit einem angestrengten Seufzer auf den harten Stuhl fallen.

„Ich werde alt, mein Schatz!"

„Du BIST schon alt, mein Schatz, aber langsam wirst Du trottelig!"

Beide sehen sich an und schmunzeln.

Der Mann schiebt seinen Arm linkisch über die Tischdecke und fasst die Hand seiner Frau.

„Und Du bist immer noch meine Wilde, Hübsche. Genau wie damals, auf der Wiese hinter dem Kirchhof. Du hattest damals feuerrote Haare und Sommersprossen auf der Nase."

Mit gespieltem Ernst schüttelt sie seine Hand ab und rückt ihren Stuhl zurecht.

„Um das eine ist es schade, um das andere weniger. Laß Deine Suppe nicht kalt werden."

Neben den Frühstückssachen stehen zwei Plastikbehälter mit Medikamenten auf dem Tisch. Auf jedem Plastikbehälter liegt eine weitere Schachtel, in der die Frau jeden Abend die Tagesration sortiert.

„Du hast vergessen, Deine blauen Pillen zu nehmen", sagt die Frau vorwurfsvoll, nachdem sie einen prüfenden Blick auf die Schachtel geworfen hat.

„Na dann geht's mir vielleicht deshalb so gut."

Der Mann schlürft genüsslich seine Suppe aus einer großen Schale.

„Du weißt was passiert, wenn Du Deine Tabletten nicht regelmäßig nimmst."

„Schon gut, ich nehm' sie sofort."

Mit tauben Fingern versucht der Mann gut gelaunt aber erfolglos zwei blaue Tabletten aus dem Behälter zu nehmen. Nach einer Weile gibt er auf und leert den Inhalt auf dem Frühstückstisch. Dabei verrutscht der Deckel und sämtliche Tabletten der Tagesration landen auf der Tischdecke.

„Ist mir echt ein Rätsel, wie Du die Dinger auseinander halten kannst!"

Er greift wahllos in die Menge und schluckt zwei davon.

„Jetzt hast Du eine für den Appetit und eine für den Stuhlgang. Das wird ja ein aufregender Vormittag", sagt die Frau halb gereizt, halb amüsiert.

„Dabei brauchst Du zwei für Deinen Kreislauf!"

„Ich HABE einen Kreislauf. Außerdem ....."

„Außerdem was?"

„Außerdem ist es jetzt doch sowieso egal!", sagt der Mann plötzlich ernst, wobei er klirrend seine Schüssel auf dem Teller abstellt.

„Es ist nicht egal. Und ich bin nicht sicher, dass wir das wirklich tun sollten. Ich will nicht, dass wir uns vor Gott schuldig machen."

Der Mann besinnt sich einen Augenblick, blickt seine Frau an und greift erneut ihre Hand.

„Wir haben das besprochen, Liebes. So oft und so lange haben wir darüber geredet. Aber jetzt läuft uns die Zeit davon. Wir kennen die Lösung und wir kennen die Alternative."

„Die Zeit. Ja. Da hat man das ganze Leben lang Zeit und dann plötzlich ..."

„Ist schon gut, Liebes. Wir machen das Einzige, was wir jetzt noch tun können."

E ine Stunde später sitzt der Mann in seinem Arbeitszimmer und sortiert alte Unterlagen.

Durch den vergilbten Vorhang kommt nur sehr wenig Licht, obwohl draußen die Frühlingssonne scheint. Deshalb hat der Mann die Schreibtischlampe eingeschaltet.

In einem großen Steinaschenbecher liegt eine zur Hälfte gerauchte Zigarre.

Ein Leben ohne Kaffee kann er sich vorstellen. Aber ohne seine Zigarren?

„Dann sterbe ich eben ungesund!", hörte der Mann sich sagen, damals bei dem Besuch bei seinem Arzt. Das war vor 3 Jahren. Der Arzt war vor einem Jahr bei einem Autounfall gestorben. Er war zu schnell gefahren und hatte sich in einer Kurve um einen Baum gewickelt.

35 Jahre alt, Familienvater. Kein Alkohol, kein Nikotin aber definitiv tot.

Mit einem bitteren Lächeln pafft der Mann an seiner Zigarre.

Der Rauch steigt fast gerade bis an die Decke.

Nur durch das Blättern in einem Aktenordner entsteht in dem Zimmer ein schwacher Windhauch, der die Rauchfahne etwas kräuselt.

Der Mann hatte den Aktenordner schon seit Jahrzehnten nicht mehr in der Hand.

Es waren Urkunden, Rechnungen und Belege aus der Zeit vor und kurz nach dem Zweiten Weltkrieg. Es war der Rest seines früheren Lebens; eines Lebens, das in so weiter Ferne liegt, dass es fast schon nicht mehr wahr zu sein scheint.

Einige der Papiere hatte er unter den Trümmern des Hauses seiner Familie hervorgezerrt, als er aus dem Krieg zurückkehrte. Vieles war zerknittert, vergilbt; auch gab es Brandspuren.

Vor ihm liegt eine alte Rechnung. „Zwanzig Mark für eine Aktentasche, Rindsleder, braun". Seine Aktentasche.

Die hatte er bei einem Schuster in Auftrag gegeben. Der Mann besitzt die Tasche noch immer. Sie liegt im untersten Schrankfach. Nur das eine Schloss hatte er einmal reparieren müssen. „Was diese Tasche schon alles mitgemacht hat!", dachte der Mann.

Er hatte sie für seine erste Anstellung als Buchhalter anfertigen lassen. Während der Evakuierung aus der Heimat diente sie als Proviantasche für seine Frau und seine Kinder.

Danach hatte er sie wieder mit zur Arbeit mitgenommen.

Und jetzt liegt sie da. Funktionstüchtig, verstaubt, aus der Mode gekommen und ungenutzt. Von den Kindern wollte sie keiner haben.

Der Mann blättert weiter und entdeckt ein paar Rechnungen, die er nicht zuordnen kann.

Es sind irgendwelche Handwerkerrechnungen.

„Klempnermeister Wagner. Rechnung über die Installation einer Badewanne."

Im Kopf des Mannes erscheint plötzlich das surreale Bild einer Badewanne. Die Wanne steht, ganz normal, auf dem Fußboden eines Badezimmers. Sie ist, ganz gewöhnlich, mit den Wandarmaturen verbunden. Das ungewöhnliche an dem Bild ist der Blickwinkel.

Man kann die Wanne schon von weitem erkennen. Schon wenn man aus der Leinenwebergasse auf die Ellbachstraße zugeht, kann man die Wanne im ersten Stock stehen sehen. Es war das erste Bild von dem Haus seiner Familie, an das er sich nach dem Krieg entsinnen konnte. Die komplette Straßenfassade war zerbombt worden. Nur der rückwärtige Teil mit dem Kamin und ein paar kleinen Segmenten der beiden Stockwerksdecken waren stehen geblieben. Und die Badewanne. Komplett mit dem grünen Fliesenspiegel und sogar mit dem kleinen Holzregal an der Wand, trotzte diese emaillierte Wanne nicht nur den amerikanischen Bomben, sondern auch mehrere Monate lang Wind und Wetter.

„Gut gemacht, Meister Wagner!"

Das nächste Aktenstück ist eine Isometrie des Hauses, so wie es früher aussah. Damals gehörte das Grundstück links daneben noch dem Nachbarn und war nur gepachtet. Darauf liefen, auf zwei saisonal abgetrennten Wiesenhälften, Hühner und ein paar Ziegen herum. Irgendwo musste es auch ein Foto geben, aber er wusste nicht, wo er danach suchen sollte.

Als nächstes: Der Erdgeschossgrundriss. Rechteckig, kleine Räume, kleine Fenster, das Kellergeschoss aus Findlingen, der Oberbau aus

Mauerwerk. Mit fast unleserlicher, schnörkeliger Handschrift hatte der Architekt die Nutzung in die Räume des Planes eingetragen. „Stube", „Kaminzimmer", „Elternschlafstatt".
Der nächste Plan zeigt das Kellergeschoss mit „Waschküche" und „Viehküche".
Er erinnerte sich, dass dort das Trockenfutter für die Hühner und die Ziegen gelagert wurde. Ganz früher gab es sogar zwei Kühe, die im Garten standen und jeden Tag über den Bach auf die Wiese getrieben wurden.

Der Mann legt den Ordner auf den Schreibtisch und pafft gedankenversunken an seiner Zigarre.
Vor ihm taucht erneut ein Bild auf.
Ein unverputztes Steinhaus. Rosenbüsche im Vorgarten. Das Haus steht ohne Nachbarbebauung auf einer morastigen Wiese. Es ist sein Geburtshaus.
Die sandigen Mäander des Baches hinter dem Haus sind überdeckt mit hohem Gras und riesigen Trauerweiden. Wilde Blumen sprießen überall. Das Gras ist fett und saftig.

Das Wasser staut sich in kleinen, schmutzigen Tümpeln, in denen Unmengen von Kaulquappen leben. Und regelmäßig im Herbst und im Frühling verwandelte sich das gesamte Areal in ein riesiges Sumpfloch
Mutter schimpfte dann immer, weil bis zur Schotterstrasse immer noch keine Steinplatten lagen, über die man trockenen Fußes bis zum Haus gelangen konnte. Wenn es Sonntags zur Messe ging, behalf man sich mit ein paar alten Kohlesäcken, die man auf den Boden legte.
Das Gebiet war erst ein paar Jahre vorher erschlossen worden, aber noch nicht trocken gelegt. Jeder hatte von dem Bauplatz abgeraten. Aber das Land war billig gewesen. Zwei riesiggroße Parzellen „für'n Appel und die Eier unseres Zuchtbullen" hatte Vater

manchmal zur vorgerückten Stunde im Kreise mit Freunden verkündet, während er seine Hanfpfeife stopfte.

Der Architekt, ein Freund der Familie, hatte eine besonders dicke Fundament-Steinsole aus großen Bruchsteinen eingebaut. Auf diesem Fundament steht das neu aufgebaute Haus immer noch.

Neben dem Haus stand ein verwitterter Holzschuppen. Dort standen die Fahrräder drin. Jedes Familienmitglied hatte eins.

Mit seinem Fahrrad war der Mann damals über die holprigen Strassen durch sein Dorf in die nächste Stadt geradelt. Autos waren seinerzeit noch selten.

Und eines Tages war er in der Stadt in eines der Straßenbahn-Gleise geraten.

Er hatte einem jungen Mädchen nachgeschaut und hatte sich in der Fahrrinne verkeilt, war bewusstlos am Boden gelegen und die Straßenbahn hatte ihm den halben Unterschenkelmuskel seines rechten Beines abgequetscht. Ein Wunder, dass nicht mehr passiert ist, hatte jeder gesagt.

Als dann der Krieg begann, war er wegen dieser Verletzung eigentlich untauglich. Aber er hatte sich trotzdem gemeldet und war Adjutant eines Oberst geworden.

„Da hast Du aber verdammtes Schwein gehabt, dass Du nicht an die Front musst!", hatten die Leute gesagt.

Er musste trotzdem mit nach Russland. Bis nach Moskau ist er nicht gekommen, obwohl er es gerne gesehen hätte.

Aber das war gut so. Fast alle seine Kameraden, die weiter nach Osten marschierten, starben im Gefecht, erfroren auf dem Marsch oder verhungerten in der Gefangenschaft.

Nach seiner Kindheit und den ersten Gehversuchen einer demokratischen Republik hatte er in seiner Jugend, im Krieg, soviel fürchterliche Dinge gesehen, dass er für einzelne Zeitabschnitte überhaupt keine Erinnerung mehr hat.

Jedenfalls nicht ständig.

Jedenfalls nicht tagsüber.

Er selbst hatte den Blutrausch erfahren, der nur von Instinkten gesteuert wird.

Halb verhungert, erfroren und verzweifelt hatte er einem jungen Mann den Schädel eingeschlagen. Beide kämpften um ein paar tiefgefrorene Kartoffeln auf einem mit Bombentrichtern und Leichen übersäten Feld, unweit eines Bauernhofes, mitten im Nirgendwo.

Als der Fremde stöhnend und kraftlos zu Boden ging, bemerkte der Mann, dass auch dieser, genau wie er selbst, weder eine Uniform noch eine Waffe getragen hatte. Er hatte vermutlich einfach nur wahnsinnigen Hunger.

Und seitdem nagt an ihm der Zweifel, ob es sich bei diesem jungen Mann nicht vielleicht sogar um einen Landsmann gehandelt hat! Das tote Gesicht mit den erschreckt dreinblickenden Augen hatte so gar nichts hassenswertes. Ganz im Gegenteil. Es sah irgendwie ... bestürzt und unschuldig aus.

Es war das einzige Mal gewesen, dass er einem vermeintlichen Russen körperlich so nah gekommen war. Vielleicht war es der Sohn des Bauern gewesen, vielleicht ein fahnenflüchtiger russischer Soldat, vielleicht aber auch ein Deutscher auf dem Weg nach Hause. Es war alles so schnell gegangen, dass zwischen den beiden Männern kein verständliches Wort gesprochen wurde. Nur Haß, Todesangst, Schmerzensschreie und ein letztes Stöhnen.

An der Vorstellung, durch diesen Krieg in eine Situation gebracht worden zu sein, in welcher er einen Menschen für eine Handvoll noch grüner Kartoffeln mit einem Stein den Schädel eingeschlagen hat, wäre er fast zu Grunde gegangen.

Was hasste er diesen Krieg! Er konnte sich überhaupt nicht mehr erinnern, warum genau er sich damals eigentlich freiwillig gemeldet hatte. Es stellte sich nie die Frage, ob es für ihn das Richtige gewesen war. Es passierte. Er hatte sich von der allgemein herrschenden Stimmung mitreißen lassen.

Sein Sohn hat ihm nie geglaubt, dass er nie ein überzeugter Kriegs-befürworter war.

Für ihn war er ein „Nazi". Oder auch ein Mitläufer, was genau so schlimm sei. Und in diesem Punkt konnte er seinem Sohn auch nie widersprechen. Er WAR ein Mitläufer. Und damals war das für ihn auch völlig indiskutabel.

Es war eine andere Zeit, damals.

Den Ersten Weltkrieg hatte er zwar nur durch Erzählungen, also aus zweiter Hand, erfahren. Doch das Klima, in dem er aufwuchst, war immer noch durchdrungen von Erinnerungen an das nieder-gezwungene Kaiserreich.

Der Mann konnte seinem Sohn nie erklären, dass er tatsächlich einmal stolz auf sein Land gewesen war. Gar nicht mal aus einem besonderen Grund. Es war eben seine Heimat! Wäre er tausend Kilometer unterhalb des Äquators zur Welt gekommen, so hätte er wahrscheinlich voller Stolz einen Tierknochen in seiner Nase ge-tragen. Na und? So sind die Menschen: Sie sind das Ergebnis ihrer Gene und ihrer Umgebung. Punkt.

Und dass es auch etwas mit Verantwortung zu tun hat, konnte er seinem Sohn auch nie verständlich machen. Daß man gegebenen-falls eben kämpfen muss, um seine junge Frau und seine Kinder durchzubringen. Er hatte es nicht für die Partei getan. Nicht einmal für sein Land. Sondern einfach nur, um seinen Beitrag zu leisten, diesen Krieg zu überstehen. Er mochte lieber nicht darüber nach-denken, was passiert wäre, welches Leben er danach geführt haben würde, hätte Hitler den Krieg gewonnen. Nicht auszudenken!

Von all den martialisch anmutenden Riten, den farbenprächtigen, kraftstrotzenden und den Größenwahn dokumentierenden Auf-märschen und Kundgebungen hatte er eigentlich nur nebenbei etwas mitgekriegt, hatte er immer gesagt.

Er war im Krieg gewesen. Seine Familie hatte damals zwar einen Volksempfänger, in dem solche Ereignisse huldigend kommentiert wurden. Doch der Umfang, die tatsächliche Größenordnung dieser Heerschauen hatte er erst Jahre nach dem Krieg in einem modernen Farb-Fernsehgerät sehen können; der erste Fernseher, den die Familie je besessen hatte.

Nun, das war nicht die ganze Wahrheit.

Es war lediglich die Wahrheit, welche sich sein Gewissen extrahierte, um nach 1945 weiter zu leben. Um neu anzufangen.

Es war nicht einfach zu erklären. Weder sich selbst, noch einem Anderen.

Machte ihn schon das zu einem Schuldigen?

Einerseits kam „es" schrill und laut. Andererseits, in seiner erschreckenden Effektivität, war es auch ein langsamer, schleichender Vorgang. Eine Fratze, vor der man die Augen verschließt. Zu unglaublich, dass es wahr wird.

Ja, er hatte auch in „Mein Kampf" geblättert. Von irgendeinem politisch korrekten Verwandten hatte er es zu seiner Hochzeit geschenkt bekommen. Kopfschüttelnd hatte er über die Reinheit der deutschen Rasse gelesen. Aber kaum jemand hatte die Hirngespinste dieses Gefreiten damals für bare Münze genommen.

Rückblickend konnte man leicht behaupten, man hätte das Regime verhindern können; verhindern MÜSSEN! Aber das ist Unsinn.

Nach dem Ersten Weltkrieg hatte sich die Welt für immer verändert. Es war eine Zeit der widrigsten Gefühlsschwankungen gewesen.

Eine unglaubliche Anzahl von Menschen war damals zu Tode gekommen. Man versuchte zu retten, was zu retten war. Die letzte kaiserliche Regierung des Deutschen Kaiserreiches hatte mit den Oktoberreformen selbst noch die Parlamentarisierung der Reichsverfassung vorgenommen, um die Siegermächte zu günstigen Friedensbedingungen zu bewegen. Die Reformen hin zu einer parlamentarischen Demokratie waren außerdem eine Bedingung der Alliierten, insbesondere des US-Präsidenten um überhaupt Friedensverhandlungen aufzunehmen.

„Eine Schmähung ohne Gleichen!", hörte er seinen Vater rufen.

Viele Staatsformen wurden diskutiert. Gruppierungen kämpften um ihre Vormachtstellung. Gegenrevolutionäre „Säuberungen" fanden statt. Kurz nach dem furchtbarsten Gemetzel der Neuzeit floss also schon wieder Blut.

Und endlich gab es eine Verfassung, doch die Uneinigkeit blieb. Die einen wollten den Kaiser zurück, anderen ging die Machtbefugnis des Reichspräsidenten zu weit, und wieder andere feierten euphorisch den Beginn einer neuen Ära.

Die Weimarer Republik hielt gerade mal 15 Jahre und war letzten Endes ein fehlgeschlagener Versuch das deutsche Volk in verantwortungsvolle, demokratische Staatsbürger zu verwandeln. Innerhalb von vierzehn Jahren hatte es 20 Regierungswechsel gegeben. Die Parteienlandschaft hatte sich in machtlose Splittergruppen unterteilt.

Das Land und die Menschen waren wohl noch nicht reif für eine Demokratie. Am Ende herrschte Arbeitslosigkeit, Uneinigkeit, Ungewissheit. Die Republik hatte versagt.

Doch bis zuletzt war der Weg in die Diktatur nicht zwangsläufig. Es gab viele Gründe und persönliche Fehler, die letztendlich zu Hitlers Machtergreifung führten.

Schlussendlich war es die Unentschlossenheit der Regierenden, welche die Machtergreifung möglich gemacht hatten.

Man hatte sich die Pest mit der Cholera erkauft; das war wohl jedem klar, der bei klarem Verstand war. Die hasserfüllten Reden, das haarsträubend mystische Blut-und-Ehre-Geschwafel dieser Bande von kleinen Männchen in großen Uniformen! Es war einfach zu wahnsinnig um wahr zu sein.

Immer konkreter beherrschte Angst die Menschen. Angst vor der Regierung. Angst vor der Polizei. Angst vor den Nachbarn. Ja sogar Angst vor Leuten aus der eigenen Familie!

Und irgendwann merkte man, dass es bereits zu spät war. Hässliche kleine Zivilversager erhoben sich plötzlich zu einflussreichen Staatsdienern. Verleumdungen, Vorladungen, Deportationen. Schwarze Listen, Verbote, Bücherverbrennungen. Das alles kombiniert mit preußischer Beamtenmentalität ergab ein absolut todbringend Ergebnis.

Und man selbst mitten drin. Dabei wollte doch jeder nur sein kleines bisschen Glück. Was interessierte den normalen Bürger schon das Machtstreben der Regierenden?

Zum Teufel sollten sie alle gehen. Man sollte etwas dagegen unternehmen!

Ja wenn man alleine stünde; ohne Verantwortung für die Familie. Wenn man all seinen Mut zusammennehmen könnte, vielleicht mit ein paar vertrauenswürdigen Leuten.

Das hatte der Mann damals seinen Vater reden hören. Er selbst war 1933 gerade mal 16 Jahre alt und fand die Aufmärsche furchtbar aufregend.

Aber wer war schon Vertrauenswürdig? Und wer hatte wohl Mut genug dagegen anzukämpfen. Und gegen wen? Wie sollte man das organisieren?

Nein, alles was man tun konnte, war, den Kopf runter zu nehmen und nicht zu laut zu werden, wenn einem mal die Galle hochkam.

Ob die Antisemitischen Übergriffe schon 1933 anfingen? Ob jeder wusste, was später in den Konzentrationslagern passierte?

Ja und nein!

Hässliche Szenen, Flugblätter und sogar Ausschreitungen gab es schon zu Zeiten der Weimarer Republik; Judenverfolgungen schon im Mittelalter. Aber die Lager in dieser Dimension waren wirklich etwas Neues.

Sicher, als er mit 23 Jahren in den Krieg zog, hatte es Gerüchte gegeben. Aber man hielt es für Einschüchterungsversuche, nicht für Tatsachen. Und niemand, der es nicht mit eigenen Augen gesehen hatte, hätte es glauben können. NIEMAND! Und das ist die Wahrheit.

Natürlich, sein Sohn, der Herr Akademiker, der Junge, dem es einmal besser haben sollte und dem es jetzt verdammt noch eins auch besser ging, ist ja neunmalklug!

Der hätte sich lieber totschlagen lassen, als für den „Führer" zu kämpfen. Sagt er.

So ein verdammter Schwachsinn! Als hätte der Mann auch nur einen Finger krumm gemacht, um das Leben oder auch nur das Hirngespinst „seines Führers!" zu retten!

Bei dem Gedanken an solche Streitgespräche pochte der Puls immer noch wie eine Hochdruckpumpe in seinen Schläfen. Er musste husten, weil er zuviel Rauch seiner Zigarre inhaliert hatte. Eigentlich sollte er überhaupt nicht mehr rauchen.

Aber das war jetzt sowieso egal!

Er atmete einige Male tief durch und wurde wieder ruhiger.

Er hatte sich oft genug gerechtfertigt. Sein ganzes Leben hatte er kämpfen müssen!

Nicht wie sein Herr Sohn. Was wusste der schon?

Es war eine schwierige, eine schlimme Zeit gewesen. Doch der Mann und seine junge Familie hatten überlebt, und das war alles was zählte.

Er hatte sich damals nie vorstellen können, dass all das passieren könnte.

Auch er war einmal jung gewesen. Auch er hatte damals seinem Vater vorgeworfen, euphorisch in den Krieg gezogen zu sein.

Wenn seine Schulkameraden damals mehrheitlich gegen den Krieg gewesen wären ...

Aber das war gar nicht der Punkt. Viel zu jung, viel zu unerfahren, viel zu sehr beeinflusst, waren sie gewesen. Geimpft durch nationalsozialistische Propaganda.

Die Frage war nicht, ob, sondern wann er es ihnen gleich tun würde.

Als am 10.01.1940 erstmals deutsche Luftwaffenstützpunkte von der britischen Luftwaffe angegriffen wurden, ging er, dreiundzwanzigjährig, zur Wehrmacht.

Jahre später wusste er, dass er so oder so zur Waffe hätte greifen müssen. Gegen Ende des Krieges hatte Hitler den Alliierten alles entgegengeworfen, was eine Waffe halten konnte. Alte Männer, Kinder, Krüppel.

Also wurde aus dem aufgeweckten, jungen Mann, der einmal Ingenieur werden wollte, dessen Familie aber kein Geld für das Studium hatte, ein Soldat.

Ausgerechnet er. Wo er doch so viele Träume hatte. Und keiner von seinen Träumen hatte je etwas mit Krieg zu tun oder irgend einer Stadt, die östlicher lag als Berlin. Er hatte sich mit 22 Jahren verlobt, ein Jahr später geheiratet. Den Traum eines Studiums hatte er aufgegeben und stattdessen eine Lehre als Buchhalter absolviert. Dann hatte er eine junge Familie. Und er wusste, dass er nicht tatenlos zusehen konnte, wie seine Freunde nach und nach alle die Uniform überstreiften und mit Stolz geschwellter Brust von der Verteidigung ihres Landes sprachen.

Doch in Wahrheit ging es nicht um Verteidigung. SIE hatten angegriffen. ER. Der kleine Gefreite mit dem Schnurrbart und der hysterisch quiekenden Stimme.

Und dann, ja dann war Eines zum Anderen gekommen.

Er hatte in Belgien gekämpft, dann in Frankreich und später in Russland. Er hatte, wie man so sagt, auf die harte Tour Land und Leute kennen gelernt.

Sogar in diesem Krieg gab es positive, dann oft skurril wirkende Momente.

Etwa ein kleiner Kirschbaum, allein auf weiter Flur, über den die Männer herfielen, weil sie zwei Wochen lang nur Zwieback zu Essen hatten. Skorbutgeschwächt, schmutzig und ungepflegt hatten sie sich über den, fast jungfräulich wirkenden, Baum hergemacht.

Dieser hatte danach ziemlich schlimm ausgesehen. Auf dem Boden lagen Äste und Blätter und ausgespuckte Kerne. Ja, es hatte tatsächlich etwas von einer Vergewaltigung.

Dabei waren es nur ein paar hungrige Soldaten, die Obst essen.

Oder die verzweifelt aufrichtige Art von Freundschaft unter den Kameraden; oft nur von kurzer Dauer, weil so viele von ihnen starben.

Doch diese Erinnerungen waren irgendwie schneller verblasst, als die anderen, schrecklichen Erfahrungen.

Fast so, als wollte sein Gewissen ihn anmahnen, dass nichts die hässliche Fratze, die Tausend Arten zu Morden und Sterben, überdecken konnte.

Viele Dinge, die seine Seele seit jenen Tagen belasten, konnte er niemandem erzählen. Auch nicht seiner Frau. SCHON GAR NICHT seiner Frau.

Er empfand keinen Groll mehr gegen seine damaligen Feinde. Und SEINE Feinde waren es auch nie gewesen! Was hatte das russische Volk durch die Deutschen alles ertragen müssen!

Doch damals, ... damals hatte er sie gehasst! Diese unkultivierten, ungewaschenen Bauerntölpel mit ihren hässlichen mongolischen Gesichtszügen, welche sich durch die fremdartige, angestrengt artikulierte Sprache zu noch hässlicheren Fratzen verbogen!

Wie sie aussahen wusste der Mann hauptsächlich durch die herumliegenden Leichen. Normalerweise waren es nur gesichtslose Uniformträger.

Aber er konnte sie hören. Beim Stellungskampf in einer Stadt wäre der Mann irgendwann einmal in dieses umstellte Haus gelaufen um diesen verdammten Mistkerlen die Schnauze zu stopfen. Diese Russen waren erledigt, eigentlich schon tot, machten sich aber offensichtlich über die deutschen Angreifer lustig.

Irgendwann hat dann doch noch jemand eine Granate gefunden und in den Keller geworfen. Das zerbombte Gebäude war zusammengebröselt wie ein Kuchenhaus mit Puderzucker.

Und dann sah er sie. Es waren drei russisch aussehende Soldaten gewesen. Sie waren maximal 17 oder 18 Jahre alt. Vermutlich hatten die Deutschen sie von ihrer Einheit getrennt. Sie hatten sich komplett mit Kartoffelschnaps zugedröhnt und wussten, dass es zu Ende war. Doch ihr jugendlicher Stolz hatte sie davon abgehalten, zu kapitulieren.

Drei Söhne. Drei potentielle Tolstoi, Dostojewski oder Schostakowitsch. Drei nach Wodka stinkende Leichen.

Der Mann war nicht in sehr viele direkte Kampfhandlungen verstrickt gewesen; er musste sich ja um seinen Oberst kümmern. Und das war gut so, denn der Mann hat sich nie besonders wohl gefühlt, mit der Waffe in der Hand. Einige seiner Kameraden schienen, ganz im Gegenteil, dafür geboren worden zu sein.

An Einen erinnert er sich besonders gut.

Peter Hübner. Er wohnte nur ein paar Strassen weiter. Sie absolvierten zur selben Zeit die Grundausbildung und fuhren mit dem selben Zug an ihren Bestimmungsort.

Im Zug hatte er mit dem Gewehr in der Hand schon den großen Mann markiert. Er sei ganz heiß darauf, endlich kämpfen zu können. Jeder, besonders die älteren Kameraden, hatten ihn einen Maulhelden geschimpft. Einen, der sich sicher direkt in die Hose scheißt, wenn er erst einmal in die Mündung eines russischen Karabiners sehen würde. Er hatte ja gerade mal die Grundausbildung hinter sich und konnte nicht wissen, ob er sein Gewehr noch in die richtige Richtung hielt, wenn er erst einmal das Gehirn von einem Kameraden in den Haaren kleben hat.

Doch sie hatten sich alle geirrt.

Er war seinerzeit der Jüngste der Gruppe und doch, oder gerade deswegen, der Erste, der nach vorne gestürmt war. Als ihm einmal die Munition ausging, hieß es, sei er trotzdem dach vorne geprescht, und hätte den Feind mit Steinen beworfen. Und das in der ersten Woche.

Er fiel erst gegen Ende des Krieges; mehrfach verwundet, hochdekoriert und mittlerweile besonnen und erfahren. Er sollte mit einer Gruppe junger Rekruten einen Straßenzug erobern. Er und seine Männer wurden vom Gegner überrannt, weil er zu lange auf den richtigen Moment gewartet hätte, hieß es später.

Ein anderer Erinnerungsfetzen schleuderte den Mann zurück in eine russische Häuserruine.

Er hatte sich dort verschanzt, weil er irgendwas tun sollte. Aber was?

Er hatten dort eine Zeit lang gewartet. Wo war seine Einheit? War es vor oder nach der Gefangenschaft? Er wusste es nicht mehr.

Es herrschte Totenstille in dieser Häuserruine. Nur in der Ferne hörte man schwach das Artilleriefeuer. Auf einmal hörte man ein Stöhnen, von links, da wo der Raum am dunkelsten war. Wieder Ruhe, dann wieder das Stöhnen. Und zwischendurch das Scharren und Tippeln winziger Füße auf einem festen, gefrorenen Untergrund.

Dann plötzlich ein herannahendes Fahrzeug. Das Geräusch eines 4-Takt-Motors. Ein Kradmelder der Deutschen. Das Licht war abgeblendet, doch als das Motorrad an der Hausruine um die Ecke bog, blitzte das Licht kurz in den voll Trümmer liegenden Raum. Und für einen kurzen Moment konnte er sehen, wer oder was die Geräusche gemacht hatte: Es waren Ratten. Ziemlich viele Ratten. Sie kratzten und nagten an einem halbtoten Soldaten, dessen Gedärme an seiner, mit Zuckerguss überzogenen Uniform, festgefroren war. HALBtot; er atmete noch, war aber zu kraftlos, seine Arme zu bewegen. Sein Gesicht war eine Fratze der Hilflosigkeit, Angst und des nackten Entsetzens.

Es war das Grauen! Würdelos, gewalttätig, MENSCHLICH!

Als der Mann das sah, musste er sich augenblicklich übergeben. Er lief und lief, alles was sich noch in seinem Magen befand, herauswürgend, solange ihn seine Beine tragen konnten.

Sollten sie ihn doch erschießen! Dann wäre es vorbei. Nur schnell, schnell muß es gehen.

„Schießt, Ihr verdammten Scheißkerle! Schießt! Lieber verrecke ich hier in diesem gottlosen Nest, das keine Sonne kennt, als noch einen weiteren Tag die Pestilenz einzuatmen!"

Aber es passierte nichts. Er hatte ja immer Glück gehabt!

Das ganze Viertel war verlassen; verbrannte Erde. Er hätte sich schon selbst eine Kugel verpassen müssen. Aber das konnte er nicht. Noch nicht.

Er war zum damaligen Zeitpunkt erst seit einigen Monaten im Feldeinsatz. Stimmt, jetzt fiel es ihm wieder ein.

Er sollte seinem bescheuerten Oberst ein Pfund Kaffee besorgen. Egal wie! Diesen Kaffeeersatz aus Malz und zerriebenen Löwenzahnwurzeln könne er nicht mehr ertragen.

Überall Tod, fauliger Geruch und zerschundene Materie. Das einzige, was jeden interessiert hatte, war, die nächste Stunde, den nächsten Tag zu erleben. Irgendwie.

Und dieser Trottel von Offizier wichst ihn an, weil er seinen Morgenkaffee nicht haben kann!

Irgendwie logisch, dass der Kerl sich dann später erschossen hat, in der Gefangenschaft. Wo er doch schon ohne seinen verdammten Bohnenkaffee am Boden zerstört war!

Er kam dann ohne Kaffee zurück. War auch gut.

Während der darauffolgenden Monate sah er noch viele solcher Horrorszenen, wie mit dem Mann in der Hausruine.

Kameraden, die mit zerfetzten Körpern, schmutzigen Wunden und geradezu unglaublichem Entsetzen in den sterbenden Augen am Boden liegen.

Ein Soldat, der sterbend, mit einer letzten Zigarette im Mund versucht, seine Gedärme von einem Stacheldrahtzaun zu lösen und wieder in die Bauchhöhle zu schieben.

Männer mit entstellten Gesichtern, erfrorenen Gliedmaßen, brandigen Wunden. Frauen und Kinder die, noch lebend oder schon Tod, bis zur Unkenntlichkeit entstellt waren. Deformierte Puppen aus rohem Fleisch.

Aber schlimmer noch als diese Bilder waren die Schreie und der Feuerlärm.

Vor einem entsetzlichen Anblick kann man sich irgendwie schützen, und sei es, indem man halb angeekelt, halb würgend den Blick abwendet.

Doch gegen den Lärm des Krieges kann niemand ankämpfen.

Ostfront. Im Schützengraben liegen. Gefrorenes Wasser in den Pfützen. Schnee vermischt mit Erde. Die Ohren pochen. Artillerie-Einschläge perforieren den matschigen Boden. Substantive purzeln durch Deinen Schädel: Explosionsgeräusch, Geschwindigkeit, Pfeifen, Stahl, Fleisch, Brutalität, Schreien, Jammern, Verzweifeln, Sterben.

Schlamm, Blut und Körperteile spritzen durch die Gegend und kleben sich überall fest. Auch wenn die Treffer nur zufällig sind, sind sie endgültig. Der nächste Einschlag kann Dich zerfetzen oder meterweit neben Dir in den Boden jagen. Russisch Roulette mit vollem Magazin.

Ab und zu den Kopf herausstrecken. Die Hände sind klamm, an mehreren Stellen aufgerissen und seit Wochen nicht mehr richtig sauber. Was Dich früher angeekelt hat, bedeutet heute nur noch: Alle zehn Finger sind noch dran.

Dem Kameraden am MG eine Bewegung an der Lichtung gegenüber zurufen. Den Karabiner fest umklammern. Adrenalin sprengt deinen Schädel. Die gegnerische Artillerie ebbt ab. Jetzt: Einzelnes Gewehr-Feuer. Scharfschützen versuchen das MG auszuschalten. Sie sind jetzt ganz nahe. Der Oberst schreit ungehörte Befehle. Man überlegt sich, wo man noch einen Munitionsstreifen hat, oder ob der schon in der Waffe steckt.

Und dann: Stille.

Sie schießen nicht mehr.

Für ein paar Sekunden löst sich die Verkrampfung. Und man kann es kaum glauben, aber es gibt da immer noch ein paar Vögel, die zwitschern.

Der Oberst ruft die Meute zur Ordnung.

Seit fünf Minuten keine feindliche Artillerie. Seit kurzem kein Gewehrfeuer. Jetzt werden sie kommen. Wahrscheinlich sprechen ein paar von ihnen noch ein Gebet. Beten Russen überhaupt?

Da! Nicht einmal fünfzig Meter entfernt arbeiten sich dunkle Schatten aus dem feindlichen Schützengraben. Wie konnten die sich unbemerkt so nah ran arbeiten? Das Klappern von Gasmaskenbehälter ist deutlich zu hören. Deutsche Gasmasken – russische Trophäen von deutschen Kameraden. Es gab hier noch keinen einzigen Gasangriff. Sie scheinen sie nur deshalb zu tragen und klappern zu lassen, um die Frontlinie einzuschüchtern. Es funktioniert.

Die Stimmen hören sich hart und fremd an, aber die Aussage ist jedem verständlich.

Der Mann am MG hält die Luft an und spuckt seine Zigarette in den Dreck. Weiter rechts von ihm hält ein Kamerad den Ladegurt.

Jetzt schlagen immer wieder feindliche Projektile ganz in der Nähe in den Schlamm. Die Nähe zu einer so entsetzlichen Waffe ist kein sicherer Ort. Nicht einmal dann, wenn man sich zufällig auf der richtigen Seite des Laufes befindet. Und dann: Rattattatta...
Pulverdampf, starke Vibration, ohrenbetäubender Lärm. Die Russen fallen wie die Fliegen. Die komplette erste Reihe ist umgefallen.

Das MG muß nachladen. Heiße Projektilhülsen zischen im Schlamm. Da klemmt was. Du sollst das MG sichern, hat man Dir zugeschrieen und feuerst was das Zeug hält. Anlegen, nicht zu sehr verkrampfen. Ein möglichst großes, ruhiges Ziel aussuchen. Wenn es geht, den Kopf: Peng. Wenn Fleisch auseinanderspritzt, ist es ein Treffer. Auswerfen, laden, neu anlegen, Peng.
Mittlerweile wimmelt es nur so von Russen. Ein schwarzer Strich wirbelt durch die Luft und kullert ein paar Meter neben Dir in den Graben. „Granate!". Detonation, Aufspritzen von Materie.
Augen öffnen. Irgendwas stimmt nicht. Ein Blick nach rechts lässt dein Herz einen Schlag aussetzen. Das MG ist unbesetzt. Zwei dampfende Körper liegen bewegungslos im Graben. Schnell an das MG. Du musst selbst nachladen. Scheiße, wie geht das noch? Wo ist der Munitionstornister? Hier unten, halb mit Erde bedeckt, Du hast ihn.
Sie kommen näher. Zu schnell, zu viele.
Entriegeln, Klappe öffnen, Munitionsgürtel herausnehmen, einfädeln, Klappe schließen, spannen, einatmen: FEUER! Der Wahnsinn packt Dich. Du schreist vor Wut, vor Angst, vor Freude über jede Kugel, die in der richtigen Richtung über diesen Acker fetzt.
Du wirst etwas sicherer. Ein paar hast du erwischt. Aber du zielst nicht gut genug. Flacher halten, kürzer streuen, gut.
Halbwahnsinnige Gedanken in Deinem Kopf : "Wenn sich die Leichen nur hoch genug stapeln, können sie nicht mehr rüber klettern!"
Klack. Scheiße, wieder Gurt wechseln.

Ein paar Kameraden sind in Deiner Nähe. Noch nie gesehen und trotzdem eine verschworene Einheit; zusammengeschweißt durch Angst. Einer hilft Dir. Blattschuss. Der halbe Schädel fällt mit dem Helm zu Boden. Du weißt nicht einmal den Namen und stehst irgendwie in seiner Schuld, weil er Dir helfen wollte.
Blick nach Vorne. Entsetzen. Ein Russe robbt auf Dich zu. Zeitlupe. Du kannst das Weiße in seinen Augen sehen. Wo ist der verdammte Karabiner?
Der Kerl liegt vor Dir im Schlamm, keinen Meter entfernt, legt an. Du atmest ungläubig aus denn Du bist wehrlos. War es das jetzt? Klack. Er hat keine Munition mehr. Genau wie Du. Irgendwie logisch, denkst Du noch. Das hier ist kein Ort für eine Distanzwaffe. Nur zwei Fremde, die sich gegenseitig umbringen müssen. Kurzer Austausch von Blicken und Gedanken. Er versteht, greift zu seinem Gürtel und packt sein Messer. Dein Eigenes steckt in einem eisigen Körper ein paar Kilometer hinter Dir. Du hast es stecken lassen, weil Dich das daran klebende Blut angeekelt hat.
Idiotenfehler.
Dich packt die Wut. Herrgott, gib mir irgendwas in die Hand, damit ich diesen Hundesohn wenigstens erschlagen kann!
Der Tornister. Du nimmst ihn, der Russe grinst. Denkt, Du wolltest panisch das MG nachladen. Du zögerst den Bruchteil einer Sekunde und denkst: Für wie bescheuert hält der mich eigentlich? Und dann: Wamm, wamm, immer wieder mit der Stahlkiste auf seinen Kopf. „Das hättest Du nicht gedacht, was?" Wamm, wamm.

Eine viertel Stunde später ist es vorbei. Einzelne Schüsse fallen noch, aber der Angriff ist vorüber. Gewehre und Munition werden eingesammelt. Sanitäter versuchen Blutströme zu stoppen und reden auf Verwundete ein.
Du lebst. Alles schmerzt. Das Blut an deinem Körper ich nicht Dein eigenes.

Du lässt dich in den Graben sinken. Weiß nicht, ob Du lachen oder weinen sollst, weil Du immer noch am Leben bist.
Du hältst die Hände vor das Gesicht und versuchst, wieder runter zu kommen. Der Atem geht allmählich wieder regelmäßig.
Ein Sanitäter rennt vorbei - fragt, ob du in Ordnung bist. Du verstehst die Frage nicht. Er rennt weiter.

Jetzt sind keine Vögel mehr zu hören. Das ganze Feld ist ein einziges Siechhaus.
So weit das Auge reicht, alles voller aufgewühlter Erde, tote oder sterbende Männer.
Männer, die nach Gott oder ihrer Mutter rufen.
Du bist in einem Tollhaus und du bist einer von Ihnen! Aber Du hast mal wieder Glück gehabt! Eine gewalttätige Maschine ist über dich gerollt aber Du bist unverletzt.
Wie oft in seinem Leben kann man ein solches Glück ertragen?

Irgendwann auf dem Weg nach Osten war er abgestumpft.
Sein unbekümmerter, jugendlicher Frohsinn; seine gottgegebene positive Einstellung gegenüber der Natur des Menschen, hatte sich verflüchtigt. Weg.
Die Menschen sind NICHT von natur aus gut! Es sind Bestien!
Erst ein gewisses Maß an Kultur und Sicherheit macht aus diesen Bestien, wenigstens eine Zeit lang, domestizierte Raubtiere.
Knips das Licht aus, verteil' ein paar Waffen und schon geht das Gemetzel los!
Das ist die Wahrheit und die einzige Lehre, die er diesem Krieg entreißen konnte.

Wie sollte er je ein *normales* Leben führen können. Nach all dem? Unvorstellbar!
Und das Schlimmste von alledem war: Langsam verblasste die Erinnerung an seine schöne, stolze Frau! Ihre Berührungen, die Ge-

spräche über die gemeinsame Zukunft. Und dann die Kinder. Mein Gott, die Kinder.

Das Foto seines Sohnes und seiner Frau, „die einzige Verbindung zu der Realität", wie er es damals nannte, befand sich in einer Ledermappe, irgendwo auf dem Grund eines eiskalten Flusses, in den er gefallen war.
Es geschah bei einem der endlos scheinenden Märsche in Richtung Osten.
Seine Kameraden waren etwas oberhalb, mühevoll und schweißtreibend, durch den schmutzigen Schnee gestolpert. Der Mann zog es vor, auf dem zugefrorenen Fluss zu gehen. Angst vor feindlichen Truppen oder eine Marschordnung gab es zu diesem Zeitpunkt nicht. Jeder war damit beschäftigt, einen Fuß vor den anderen zu setzen, die Kälte, den Hunger und die Sinnlosigkeit zu ertragen und wenigstens einen weiteren Tag zu überleben.
Er erinnert sich an einen kahlen Baum, der aus der völlig ebenen Fläche ragte, wie ein ertrinkender. Rabenschwarz hob sich das tote Stück Holz von der weißen Umgebung ab. Ein Überbleibsel von Leben, in einer toten Welt. Es war sehr kalt und das Eis war schneebedeckt. Man musste kleine Schritte machen, um nicht hinzufallen. Aber das war weniger anstrengend, als im Schnee zu laufen.
Und dann war es plötzlich passiert. Völlig unvermittelt. Er hatte sich nach links gedreht um zu seinen Männern zu sehen. Weiter vorne musste irgendwas passiert sein.
Feindberührung? Verwirrung, es war kein Schuss zu hören. Dann war er ausgerutscht, zu Boden gefallen und scheinbar widerstandslos durch das Eis gebrochen. In der Nähe des alten Baumes war das Eis zu dünn gewesen. Idiotenfehler. Noch bevor er verstand, was geschehen war, war er durch die zähe Strömung sofort unter dem Eis fortgetrieben worden.

Von Panik ergriffen versuchte er sofort, sich den Mantel unter Wasser auszuziehen, damit er nicht nach unter sank. „Mein Gott, sie werden gar nicht merken, dass ich fort bin!", dachte der Mann. Doch das brechende Eis war scheinbar sehr gut zu hören gewesen. Jedenfalls war unmittelbar eine kleine Gruppe von Soldaten auf den eisbedeckten Fluss gestolpert, um einen Kameraden zu retten.
Die unbeholfenen Rettungsversuche konnte der Mann durch die Unterseite des Eises verfolgen. Er wusste nicht mehr, wie viel Zeit vergangen war. Hektische Bewegungen, wildes Einschlagen auf das Eis mit zersplitternden Gewehrkolben. Stechen in der Brust. Enge, Atemnot. Er trieb mit geöffneten Augen unter trüben Wasser und war von Sekunde zu Sekunde überzeugter, dass nichts ihn mehr würde retten können. Die dumpfen Schläge wurden leiser. Die Stimmen verebbten. Maßlose Angst vor dem unweigerlich nächsten Einatmen. Und dann: Ein panischer Atemzug, Schmerzen, die Brust erstarrt vor Eis, kaum Gefühl mehr in Armen und Beinen aber der Verstand ist noch wach. Für ein paar Sekunden reicht der Sauerstoff im Gehirn. Etwas streift seinen Körper. Keine Ahnung, ob der Schmerz im Arm von einer Wunde oder der Kälte herrührt. Egal. Es ist vorbei. Der Schmerz ebbt ab. Raum ohne Zeit. Masse ohne Energie. Kein Hunger, keine Angst mehr. Nur noch Trauer und Dunkelheit. Auch: Interesse. Für das, was jetzt kommt. Er schwebte hinüber. Eine Grenze war überschritten. Da war kein Tunnel. Und da war auch kein Licht. Einfach nur Dunkelheit, Stille. Und da waren auch keine Engel, keine sanfte Musik, oder was man sich sonst darüber erzählt.
Das letzte was er fühlte war Einsamkeit. Er ergab sich dem Tod.

Tatsächlich war es der Sauerstoffmangel, der ihn hatte passiv und erduldend werden lassen. In seiner Erinnerung jedoch hatte sich diese Begebenheit zu einer Art akzeptierter Todesnähe manifestiert. Er hatte mit seinem Leben abgeschlossen. Er war gestorben.

Jedenfalls fast. Er befand sich in einem Schockzustand; war, im wahrsten Sinne des Wortes, ohnmächtig geworden.

Nur durch Zufall war er etwa hundert Meter oberhalb der Einbruchstelle wieder an die Oberfläche gekommen, weil das Geschütz, das seine Einheit mitführte, an der vereisten Böschung abrutschte und das Zugfahrzeug hinter sich herreißend, das Eis durchbrach. Ein erobertes russisches Flakgeschütz hatte ihm das Leben gerettet!

Kameraden zogen ihn bewusstlos aus dem eisigen Grab. Seine Bergung wurde mit einem Becher echtem Bohnen-Kaffee gefeiert, den sich sechs Männer teilten. Doch außer der Ledermappe und seinem warmen Wintermantel hatte er noch etwas anderes in dem eiskalten, braunen Wasser zurückgelassen:

Er hatte seine Angst zu Sterben verloren.

Gott hatte ihn aus diesem Fluss gerettet, so wie Jonas aus dem Walfisch, und das musste einen Sinn haben! Und was für einen Sinn sollte es wohl machen, nun doch noch von einem russischen Bajonett aufgespießt, oder einer Granate zerfetzt zu werden?

Trotzdem empfand er keine Dankbarkeit. Es war eher eine Art von Verstehen; ein *sich fügen* in eine ihm zugewiesene Rolle.

Er dämmerte wochen- und monatelang klaglos marschierend, dienend und kämpfend vor sich hin. Mal verfolgte seine Gruppe den Feind, mal war es anders herum. Es war kein Fortschritt zu erkennen, nur Mühsal und Stumpfsinn.

Er konnte sich dunkel entsinnen, irgendwann einmal einem sterbenden Soldaten mit einer Bauchverletzung die Stiefel ausgezogen zu haben, weil seine Eigenen fast keine Sohle mehr hatten. Es war nichts als das nackte Kalkül seines Überlebensinstinktes, das Erfüllen eines Auftrages. Es stand außer Frage, dass dieser wehrlose

Mann den Tag nicht mehr überleben und die Stiefel noch brauchen würde.

Der Sterbende hatte sich nicht gewehrt. Dazu war er zu schwach. Auch nicht gesprochen; er hatte ihn nur angesehen, mit seinen wässrigen Augen. Aber auch das heiser gemurmelte „Entschuldige bitte!", hatte ihm keine Absolution beschert. Später war er der Meinung, dass dieser Alte ihn sogar angelächelt hatte. Auffordernd, ermutigend. Doch das, und das wusste er im Grunde seiner Seele, war lediglich Chemie in seinem überlasteten Hirn.

In all den Jahren waren traurige Augen seine ständigen Begleiter durch die Nacht.

Die Augen eines Erschlagenen. Die Augen eines Entkleideten. Augen ... die ihn aus einem dunklen Gewässer anstarren!

Dann hat der Mann plötzlich Erinnerungsfetzen seiner Gefangenschaft im Kopf. Seit Jahrzehnten hatte er daran nicht mehr gedacht. Ein paar Monate nach dem Vorfall am Fluss war seine Einheit von den Russen gestellt und in die Gefangenschaft getrieben worden. Allein auf dem Weg dorthin starb ein Viertel der völlig geschwächten Soldaten.

Er selbst wurde als Adjutant relativ gut behandelt. Als Soldat wurde er gewissermaßen nicht ernst genommen. Er bekam einigermaßen zu essen und manchmal sogar warmes Wasser, um sich zu waschen. Ja sogar drei Blätter Tabak bekam er fast jeden Tag. Die rollte er sich mit irgendeinem Papierfetzen, den russische Offiziere von verschmutzten Zeitungen übrig ließen.

Anderen war es da schlechter ergangen. Einmal wurden ein paar Männer erschossen, weil sie dem Blick eines vorbeischreitenden Offiziers nicht schnell und unterwürfig genug abwandten.

Während der Gefangenschaft führte er das Leben eines Tieres, das gerade so lange am Leben gelassen wird, wie es seine Arbeit tut.
Und seine Arbeit war: Gräben ausheben und Leichen verscharren.
Und dazwischen immer wieder endlose Märsche durch die Kälte.
Hunger, Durst, Gestank und Tot.
Die kultivierte, „normale" Art zu leben, glückliche Momente mit seinen Freunden, seiner Frau und den Kindern verblassten hinter dem grauen Farbgemenge der Wirklichkeit und wurden zu einer Erinnerung an ein verlorenes Paradies.
Habe ich das wirklich erlebt? Oder war es ein Traum?
Seine „Verbindung zur Realität" war, buchstäblich, untergegangen.

Der ihm ständig begegnende Hass der Soldaten und Zivilisten hatte ihn am Anfang völlig fertig gemacht. Besonders betroffen waren die Verwundeten unter seinen Männern. Auf die hatten es die Russen besonders abgesehen.
Nicht weil sie schwächer waren als die Anderen, sondern weil sie offensichtlich Kampfhandlungen überlebt hatten.
Besonders ein Offizier der Russen hat es den Gefangenen immer wieder gezeigt, was sie in seinen Augen waren: würdelose Kreaturen.
Eines Tages ließ er ein paar seiner Männer in die Wasserfässer urinieren. Ein anderes Mal, hatte er sämtliche Stiefel aus den Baracken zusammensuchen lassen und die Gefangenen mussten eine Woche lang bei Frost und Schnee ihre Arbeit auf den Baustellen in Socken verrichten. Begleitet wurden diese Maßnahmen immer mit endlos erscheinenden Reden dieses Offiziers, die kaum ein deutscher Soldat verstand. Es wurde auch nie die Anstrengung unternommen, einen Dolmetscher zu finden. Aber offensichtlich referierte er über ausgleichende Gerechtigkeit für das russische Volk.
Irgendwann gewöhnte sich der Mann an die ständigen Schikanen und eines Tages stellte er verblüfft fest, dass gerade diese offene

Feindseligkeit eine ständige Wachsamkeit in ihm schürte, die im die Kraft gab zu überleben.

Er musste einfach weiterleben; irgendwie.

Sein Vorgesetzter, der Morgenkaffee-Mann, hatte sich in einem unbemerkten Moment eine Waffe gegriffen und sie sich unbeholfen in den Mund gesteckt. Tragischerweise war dies nicht seine gut geölte Offizierspistole, sondern ein völlig verdrecktes russisches Sturmgewehr mit dreckverschmiertem Lauf und Ladehemmung. Er musste den Abzug mehrmals durchziehen, um es hinter sich zu bringen. Beim ersten Schuss zerfetzte das Projektil krachend seinen Unterkiefer. Pulverdampf und die entweichende Körperwärme hingen sekundenlang über dem entsetzten deutschen Offizier, was seine völlig obskure Körperhaltung nur noch absurder erscheinen ließ.

Die Wachleute warteten, nach dem erfolglosen „Klick, klick" seelenruhig den vierten Schuss ab. Die nackte Verzweiflung, die aus den überraschten Augen des Mannes sprach, war eindeutig: Er stellte keine Gefahr dar.

Als das Blut aus dem zuckenden Körper in den Schnee sickerte, lachten die russischen Soldaten und spielten diese schauderhafte Szene mit unzweideutigen Gesten immer wieder nach; wohl über die unbeholfene Art, wie ein deutscher Offizier mit einer Waffe umgeht! Sie ließen den, endlich leblosen, Körper auf dem Boden liegen und trieben die Männer weiter zur Arbeit an.

Und irgendwann hatte der Mann es tatsächlich überstanden.

Das widerliche Essen, das brackige Wasser, die unzureichende Kleidung. Kälte, Schlaflosigkeit. Angst und Wahnsinn.

Irgendwann haben die Russen ihn freigelassen. Der Krieg war schon längst vorbei. Es hieß, sie hätten ihre Schuld am russischen Volk abgeleistet. Und es war dem Mann völlig egal, wer am Ende gewonnen hatte. Er wollte nur noch zu seiner Familie. Wenn es sie noch gab, und wenn er sie fand.

Und er wusste, dass er die ihm verbleibenden Jahre nur würde überstehen können, wenn er das tun würde, was er sonst nur verachtet hatte: VERGESSEN.

Er kann sich auch überhaupt nicht mehr erinnern, wie er sich auf seinem Weg nach Westen überhaupt orientiert hat.
Natürlich gab es Ströme von Menschen, heimkehrende Flüchtlinge, die alle wieder nach Hause wollten. Aber wie er sein Heimatdorf wieder gefunden hat, kann er heute nicht mehr sagen. Eines Tages hatte er die alte Mühle wiedererkannt. Da wusste er: Er ist zu Hause. Er hatte einfach unglaubliches Glück.
Auch mit seiner Frau und seinen Kindern.
Die Jüngste war gerade *unterwegs*, als sie zum zweiten Mal flüchten mussten. 200 Kilometer nördlich von zu Hause, die größte Strecke davon zu Fuß. Die Kleine war während eines sehr kurzen Heimaturlaubes gezeugt worden, soviel hatte seine Frau ihm schriftlich mitteilen können.
Als er aus Russland heimkehrte, hieß es an der Zieladresse jedoch, die Frau mit den vier Kindern sei mit einer größeren Gruppe Richtung Süden gezogen.
„Dann ist das Kleine also schon zur Welt gekommen, und allen geht es gut!", dachte er damals ohne zu wissen, ob es ein Junge oder ein Mädchen war.

Und dann, eine Tages, fast hätte ihn damals der Blitzschlag getroffen, saß er auf seinem Marschgepäck am Bahnhof irgendeines Provinzstädtchens, da hatte er, an einem Apfel knabbernd, seine Frau und die Kinder auf der anderen Seite der Gleise entdeckt.
Minuten später, und sie hätten sich verpasst! Er konnte es nicht glauben.

Und dann hatten sie alle geheult, wie ein Rudel Schlosshunde!
Erst er, dann sein Frau und dann die Kinder. Die wussten gar nicht warum und haben einfach mitgeweint.
Der Alptraum war vorbei.
Er hielt seine Frau und die Kinder im Arm, spürte ihre Wärme und ihre Liebe, und dass sie ihn brauchten.
Und für einen kurzen Moment WAR alles vergessen.

Die **Frau** steht, mit schmerzendem Rücken und auf einen Rechen gestützt, im Garten.
Sie ist etwas ausser Puste, nestelt ein Stofftaschentuch aus einer Tasche ihrer Gartenschürze und tupft sich damit die Stirn ab.
„Es sieht immer wieder wunderschön aus, wenn der Frühling kommt!", sinniert sie mit einem traurigen Lächeln. Und dann:
„Mein Gott, was werde ich meinen Garten vermissen." Und sie merkt, dass ihr bei diesem Gedanken fast die Beine nachgeben.
Gerade kann sie sich noch an ihrem Rechen festhalten.
Sie schnäuzt sich mit dem Taschentuch die Nase, atmet einmal lange durch und will gerade weitermachen, als sie eine Stimme hört.

Ihre Ohren sind nicht mehr die Besten. Sie dreht sich instinktiv in Richtung Hauseingang, doch dort steht niemand.
Dann wieder: „Frau ...!"
Es ist die Nachbarin.
Beide Frauen lächeln sich aufgeregt zu und treffen sich nach ein paar mühevollen Schritten am Gartenzaun. Nach den herzlichen Begrüßungsfloskeln und ein paar Sätzen über den jungen Frühling meint die Frau:
„Na, Ilse, wie geht's denn? Ich hab' Dich schon seit Wochen nicht mehr im Garten gesehen!"
„Oh, gar nicht gut!", sagt die Nachbarin.

„Ich hab mich am Finger verletzt; mit dem Beil!" Dabei wickelt sie unbeholfen einen verschmutzten Verband vom Daumen ihrer linken Hand. Das Fleisch ist braun, schwarz und geschwollen.
„Was hast Du denn da angestellt, Ilse?"
„Ich wollte ein paar Stöcke schneiden, um die Rosen abzustützen und bin mit dem Beil abgerutscht."
„Ach du lieber Gott."
„Ich habe die Wunde dann versorgt und mir gar nichts mehr dabei gedacht. Und dann, drei vier Tage später, bin ich morgens aufgewacht und da tat mir der ganze Arm weh!
Ich konnte mir gar nicht mehr helfen. Da hab ich meinen Enkel angerufen."
„Der Tobias? Wohnt der noch in Kassel?"
„Jaja, und der war natürlich überhaupt nicht glücklich mit mir. Der kam dann zwei Tage später mit seinem neuen Auto. Und geschimpft hat er mit mir."
„Ja was soll man machen, wenn man allein ist?"
„Ich konnte mir immer alleine helfen. Aber man wird halt immer ungeschickter. Und die Wunden heilen auch nicht mehr so gut wie früher. Der hat mich dann ins Krankenhaus gefahren!"
„Wieso denn nicht zum Arzt?"
„Na der Junge musste ja am nächsten Tag wieder weg. Der hat ja jetzt seine eigene Familie und ich wollte ihn ja auch nicht bitten, dass er bleibt. Und im Krankenhaus war so ein junger Arzt, der wollte mir doch tatsächlich meinen Daumen abnehmen.
,Abnehmen' hat er gesagt. Und ich hab gesagt, er wird mir meinen Daumen NICHT abschneiden. Was soll ich denn ohne Daumen anfangen?"
„Und dann?"
„Ach ja, er hat mich halt gefragt, wann ich meine letzte Tetanus-Spritze hatte. ,Als ich so in Ihrem Alter war', hab ich da gesagt. Da ist er richtig wütend geworden."
„Und jetzt, geht's wieder?"

„Naja, das wird schon. Ich kann ihn noch nicht wieder krumm machen, aber zum Arbeiten reicht's. Jetzt fällt mir halt manchmal was auf den Boden. Aber es ist ja keiner da, den das stört. Es fällt mir jetzt nur so schwer, mir was zu Essen zu machen. Mit Rechts kann ich einfach kein Messer mehr halten – das Rheuma ist zu stark. Das ist im Moment meine größte Sorge."

„Wieso hast Du denn nichts gesagt. Es macht mir keine Mühle, für einen mehr zu kochen."

„Ach, ich will Dir doch nicht zur Last fallen!"

Nach einer kurzen Pause:

„Und selber? Wie geht's Dir denn?"

Der Frau stockte der Atem. Zurückgerissen in IHRE Realität. Sie wollte ihrer Freundin so gerne erzählen, was passiert war. Aber sie hatte ihrem Mann versprechen müssen, nicht darüber zu reden.

,Die würden es schon alle selber kapieren, wenn es zu spät war!', hatte er gesagt.

„Naja," druckste sie rum, „es geht mal besser und mal schlechter!"

,Und Morgen müssen wir aus unserem Haus raus', dachte sie. Nach über fünfzig Jahren!

Tränen schossen ihr in die Augen.

Stattdessen sagte sie:

„Irgendwie geht's halt immer weiter!"

„Der Herrgott wird schon wissen, was er macht!

Seit mein Alfons nicht mehr da ist, bin ich nur noch ein halber Mensch. Er ist einfach fort und ich muss mich hier alleine durchwurschteln. Nie war er krank. Und dann ist er Morgens einfach nicht mehr aufgewacht!"

„Das muss schwer sein, so alleine."

„Ach, es ist furchtbar! Ein Tag ist wie der andere. Er fehlt mir so. Und das Haus ist so leer! Manchmal ist mein Herz so schwer, da hab ich gar keine Lust aufzustehen. Aber liegen bleiben kann ich ja auch nicht."

„Kommst Du denn mit Deinem Geld aus?"

„Ich brauch ja nicht viel. Nur das mit dem Geld abheben ist schwierig. Ich komme mit dem Automaten nicht klar. Und jetzt, wo sie die Bank geschlossen haben, muß ich mit dem Bus extra in die Stadt fahren. Da bin ich immer fix und fertig!"

„Aber die am Schalter können Dir doch helfen."

„Ja, können schon! Ich hab doch da meine Karte. Und dazu die Nummer. Und die soll ich getrennt voneinander aufheben. Ja wo denn, hab ich gefragt, wenn nicht im Geldbeutel?

Ich kann mir einfach nix mehr merken. Da hab ich mir die Nummer in das Futter von meinem Mantel geschrieben. Was soll ich sagen: Vorgestern bin ich wieder in die Stadt und hatte den falschen Mantel an ..."

„Und dann?"

„Nix, und dann! Der hat mich wieder zurückgeschickt! Dabei kennt der mich doch. Diesem kleinen Rotzlöffel hab ich damals immer Bonbons gegeben, als er klingeln kam. Aber jetzt arbeitet der Herr bei einer Bank, dieser feine Pinguin!"

„Ja es ist wirklich nicht mehr so einfach."

„Ich hab mein Leben lang hier gewohnt, aber ich komme mir vor, als wäre ich fremd hier! Mit niemandem kann ich reden. Wenn ich einkaufen gehe, muss alles immer so schnell gehen. Und wenn ich dann bezahle, erkenne ich die Münzen und Scheine nicht mehr richtig. Letztens ist mir an der Kasse eine Münze auf den Boden gefallen, Glaubst Du, auch nur EINER hätte sich für mich gebückt? Pustekuchen! Ich musste sie halt liegen lassen.

Und wenn ich dann ein paar Worte mit der Kassiererin reden möchte, sind die meistens sofort genervt. Alle sind dauernd genervt. Und niemand hat mehr Zeit. Nur ich hab soviel Zeit, dass ich gar nicht weiss, wohin damit!"

„Ich weiß, was Du meinst. Kommen Dich denn wenigstens Deine Kinder besuchen?"

„Ach die Kinder! ... Ja die kommen. Aber nicht oft. Das Haus war früher so voller Leben. Damals hatte ich mir oft mal ein paar Tage Ruhe gewünscht. Aber jetzt?

Es wird nie so, wie man es sich vorstellt. Das hat mir meine Mama immer schon gesagt, wenn ich mir was gewünscht habe. Ich habe erst in den letzten Jahren verstanden, was sie damit gemeint hat.

Wenn mein Alfons noch Leben würden, dann hätten wir jetzt die Zeit, die Reisen zu machen, von denen wir immer gesprochen haben. Erst war der Krieg, dann hatten wir kein Geld und dann kamen die Kinder. Und jetzt steh ich ganz allein da. So als hätte ich den Abspann nicht mitgekriegt und sie hätten mich einfach alleine gelassen!

Früher fand ich alt WERDEN immer romantisch. Heut weiß ich, alt SEIN ist schlimm!"

„Ach Ilse. Wer hätte gedacht, dass wir mal so miteinander reden? Weist Du noch, als Ihr Euer Haus gebaut habt?"

„Ja ja. Das war vielleicht was. Das Haus war gerade mal ein Jahr alt. Dann mussten wir weg, und als wir zurückkamen, war alles kaputt. Alfons und Dein Mann waren sich nie besonders grün. Ich weiß eigentlich gar nicht, warum."

„Ich glaube, es ging damals um die Grenze. Alfons soll damals vor dem Wiederaufbau den Grenzstein umgesetzt haben."

„Ach richtig, ach so ein Quatsch. Das hat er sicher nicht gemacht, da war ja Platz genug."

„Ich glaub es auch nicht. Der Bürgermeister hat ihm das gesteckt, ein alter Schulfreund, schon lange Tod. Aber ich glaube, der war damals nur selber an dem Grundstück interessiert. Das war ja wirklich billiges Bauland. Ach übrigens: Heute stand in der Zeitung was über die Bürgermeisterwahl. Der Neue heißt Helmut Bischof. Sagt Dir der Name was?"

„Ja sicher. Das ist doch der Enkel vom Bischof, da bei der Mühle."

„Na siehste, hab ich doch auch gesagt!"

Die Frau zögerte, dann sagte sie:

„So, dann geh ich jetzt mal Essen machen. Ilse, soll ich Dir dann was rüberbringen?"

„Ach ja, das wär' lieb. Ein kleiner Teller reicht!"

„Gut, ich komm dann nachher vorbei!"

Der Mann sitzt immer noch in seinem Arbeitszimmer. Das Dokument nach dem er gesucht hatte, hatte er nicht gefunden. In der Nacht war ihm ein möglicher Ausweg eingefallen. Er musste nur die Urkunde finden, vielleicht ließe sich dann wieder alles einrenken.

Er hatte jedes einzelne Blatt Papier durchgesehen. Nichts!

Dann suchte er in zwei weiteren Ordnern. Keine Spur von der beglaubigten Vollmacht.

Er hatte das Schriftstück seit einiger Zeit nicht mehr in Händen gehalten aber es sollte in einem dieser Ordner sein. Es musste einfach.

Aber eigentlich wusste er es besser.

Der Mann hatte sich noch nie Gedanken darüber gemacht, was nach seinem Tod und dem seiner Frau mit dem Haus und dem kleinen Vermögen werden sollte.

Erst als vor ungefähr einem Jahr seine jüngste Tochter ihn darauf ansprach, kam ihm in den Sinn, all das irgendwann regeln zu müssen.

Aber nicht jetzt, hatte er gesagt, ich bin gesund und fühle mich noch gut.

Die Tochter war seit fünf Jahren mit einem Anwalt verheiratet. Ein windiger Bursche und unsympathisch. Wenn die beiden zu Besuch kamen, etwa an Heilig Abend, drehte sich alles nur um den Herrn Anwalt. Die Tochter saß immer nur schweigend daneben und sonst kam eigentlich auch nie jemand anderes zu Wort. Der Kerl war ihm so zuwider, dass er sich bis heute geweigert hat, ihm das „Du" anzubieten.

„Es geht ihm nur um sich selber. Er redet nur von *Fällen*, nicht von Menschen!", hatte der Mann vor zwei Jahren gerufen, kaum dass seine Tochter und sein Schwiegersohn die Tür hinter sich geschlossen hatten.

„Aber so muss ein Anwalt wohl denken. Ich nehme an, er braucht die persönliche Distanz, sonst kann er nicht Arbeit."

„Na soweit mich das betrifft, hat er was er braucht! Und hast Du gesehen, dass er nicht ein einziges Mal ihre Hand gegriffen hat?"

„Was hast Du gegen ihn? Nicole ist glücklich mit ihm. Er ist gut zu ihr und ist erfolgreich in seinem Beruf."

„Er ist *gut zu ihr*? Was soll denn das heißen? Was heißt „Er ist *gut zu ihr*", wenn Frauen das über die Männer anderer Frauen sagen? Ich habe das nie verstanden."

„Ich meine ja nur, dass sie gut versorgt ist..."

„Und schon wieder so was! Er ist *gut zu ihr*, weil er sie *gut versorgt*! Wir reden nicht über ein Haustier. Es geht um unsere Tochter, Menschenskind!"

„Was regst Du Dich denn so auf? Hat er irgendwas getan."

„Ja woher soll ich denn das wissen. Ich kenn den Kerl doch überhaupt nicht. Irgendwann tanzt sie hier an und sagt: „Mama, Papa, das ist mein Mann Manfred!" Wumms.
Da war's zu spät, Mann Manfred kennen zu lernen."

„Glaubst Du, sie ist unglücklich?"

„Glaubst DU allen ernstes, dass unsere erwachsene Tochter plötzlich Heuschnupfen bekommt? Mitten im Winter? Glaubst Du ihr das?"

„Willst Du damit sagen, dass ..."

„Ich will damit sagen, dass ich es nicht für eine plötzliche Allergie halte, wenn wir Nicole nur noch mit verheulten Augen sehen."

„Ja es stimmt. Sie gibt ja zu, dass sie in letzter Zeit öfter mal weint."

„Ich hör' ja wohl nicht richtig! Das hat sie Dir gesagt?"

„Ja, ..."

„Wann?"

„Eben ... in der Küche."

„Damit ich das richtig verstehe: Eben, als ich es in meinem eigenen Hause ertragen musste, den geistigen Dünnschiss von Mann Manfred über mich abgeworfen zu bekommen, da hat Dir unsere Tochter gebeichtet, dass sie *in letzter Zeit öfter mal weint*?"

Er wusste, dass er sich besser nicht so aufregen sollte, aber manchmal konnte er seine Frau einfach nicht verstehen. Er tobte.

„Hättest Du ... mich nicht rufen können, mir irgend ein Zeichen geben ... oder ein verdammtes Messer nach ihm werfen?"

„Was hätte denn das genutzt?"

„Oh, na ja, ich meine, möglicherweise hätte ich ihm mit dem letzten Cognac besser seinen schwarzen Anzug angezündet. Aber da ICH NICHT wusste, dass meine Tochter seinetwegen *öfter mal weint*, habe ich eben unbedachterweise ein ordinäres Glas zum servieren benutzt!" Er tobte und schrie.

„Du kannst ihr dabei nicht helfen. Sie liebt ihn. Sie haben Schwierigkeiten. Aber sie werden das gemeinsam durchstehen."

Ausser Atem hatte der Mann seine Hände um eine Stuhllehne gelegt, bis seine Adern hervortraten. Er schnaufte; merkte, dass er nicht mehr die Kraft hatte, längere Zeit so unter Volldampf zu bleiben.

„Schatz. Ich versteh Dich nicht. Was ist, wenn sie unsere Hilfe braucht? Woher weißt Du, dass es ihr bei ihm *gut geht*?."

Nach einer Weile setzte sich der Mann auf den Stuhl.

„Es geht um Kinder, stimmt's?"

„Ja ... Sie will, sie muss. Wenn nicht jetzt, dann ist sie wohl zu alt dafür. Aber er hat ihr wohl gesagt, das er definitiv keine Kinder haben möchte."

„Verstehe."

„Ich meine, ... es ist schlimm für sie. Aber deshalb kann man ihm wohl nicht wirklich einen Vorwurf machen."

„Du hast ja recht. Es tut mir leid. SIE tut mir leid. Sie war so glücklich als sie uns sagte, dass sie nach der Fehlgeburt doch wieder Kinder haben könne. Und irgendwie hatte ich gehofft ...“

„... dass sie wieder ein bisschen frischen Wind in die alten Gemäuer bringt. Ich weiß. Und auch Sie weiß, wie sehr wir uns über ein oder zwei Enkel freuen würden.“

Das war vor zwei Jahren.
Was hatten sie sich getäuscht!

Der Mann öffnet die braune Holzkiste, die auf seinem Schreibtisch steht. Sie ist mit Intarsien versehen und aufwendig verarbeitet. Seine Kinder hatten ihm diese Kiste zu seinem 60sten Geburtstag geschenkt.
„Was für eine Farce.“, denkt er. „Erst schenken sie mir eine Kiste, und dann einen Brief, in dem steht, ich soll ‚reinspringen‘.“
Mit einem schweren Seufzer und einer kraftlosen Bewegung entnimmt er der geöffneten Kiste ein mehrseitiges Schreiben.
Auf dem Briefkopf ist das Zeichen einer Anwaltskanzlei zu sehen. Die Namen mehrerer Anwälte sind, nach ihrem Spezialgebiet sortiert, darin aufgelistet.
Irgendwo in der Mitte steht: „Erbschaftsrecht, Dr. Jur. Manfred Mannheimer“.
Mann Manfred.
Sogar auf einem Briefkopf versteckt er sich hinter anderen Aasgeiern.
„... mit beiliegendem Gutachten ... schlüssig dargelegt ... sowohl physischen als auch psychischem Zustand ... nicht mehr geschäftsfähig ... wird die Bankvollmacht mit sofortiger Wirkung auf die Antragstellerin übertragen ... Veräußerung der Vermögenswerte ... Einweisung in eine der unter aufgeführten Pflegeeinrichtungen ...“
Sofort schiessen dem Mann wieder die Tränen in die Augen.

Wie konnte seine Tochter das zulassen? Wie konnte irgendeines der Kinder SO EINE SCHWEINEREI ZULASSEN?

Der Mann fühlt, wie seine letzten Kräfte aus seinem Körper fliessen. WARUM?

Wer hätte gedacht, dass in einem einzigen Brief eine solche Explosivität stecken könnte?

Es war nicht mehr und nicht weniger als ein Todesurteil.

Genauer gesagt: Gleich zwei davon.

Dem Mann ist völlig klar, dass weder er noch seine Frau in einer „Pflegeeinrichtung" leben können.

Sicher, er könnte dagegen klagen, ein Gegengutachten erstellen und vielleicht sogar gewinnen.

Aber diese Kaltschnäuzigkeit, diese hinterlistige Art und Weise, in der dieser Schweinehund agiert hat, läßt dem Mann das Blut in seinen Adern gerinnen.

Er hat keine Kraft mehr, um einen solchen Kampf durchzuhalten.

Woher hätte er einen Anwalt nehmen sollen, der diesem Vampir gewachsen gewesen wäre? Wie hätte er erklären sollen, dass alle „Fakten", auf die sich dieses „Schlechtachten" bezogen zwar echt waren, aber ohne Kontext ein völlig falsches Bild abgeben?

Wie hätte er beweisen sollen, dass die Verfügungsvollmacht, auf deren Ausstellung seine Tochter gedrängt hatte, nur für den Notfall gedacht war und in Wahrheit von diesem Männlein initiiert worden war? Und wie hätte er beweisen sollen, dass ausgerechnet seine Tochter diese Vollmacht unbemerkt an sich nimmt und sie gegen ihn verwendet?

So musste es gewesen sein. Die Urkunde war nicht mehr in dem Ordner zu finden!

Der Mann und seine Frau hatten das Drängen zu einem solchen Schritt für eine etwas holprige Zuneigungs-/Verantwortungsgeste gehalten.

Und es gab seinerzeit auch triftige Gründe, den Kindern, jeweils anteilig, das Haus zu überschreiben. Nur jetzt, wo alles zu spät war, wollte dem Mann nicht ein einziger dieser triftigen Gründe einfallen.

Sie hatten alle Bescheid gewusst. Nur er, der alte Trottel und seine Frau, hatten von den offensichtlich stattgefundenen konspirativen Treffen nichts geahnt.

Es gab nicht ein einziges offenes Gespräch. Kein Arzt, keine Vorverhandlung, kein neutraler Gutachter, der sich mit eigenen Augen sein eigenes Bild gemacht hätte.

Nur einmal war so ein junger Schnösel vorbeigekommen. Hatte sich die Wohnung ansehen wollen, lauter private Fragen gestellt.

Der Mann hatte das für einen Witz gehalten, als dieser Kerl die Dreistigkeit besaß, zu behaupten, ihm obläge eine richterlich angeordnete Einschätzung seines geistigen und körperlichen Zustandes.

Als der Fremde den Kleiderschrank seiner Frau sehen wollte, hatte er diesem Männchen gezeigt, wo der Zimmermann das Loch gelassen hat.

Damit war das Schicksal besiegelt. Die Mühlen der Justiz mahlten bereits.

Ein paar Wochen später kam dann der Brief.

Erst als darin auf einen sachverständigen hingewiesen wurde, der sich *ein Bild über die Gefahrenpotentiale* machen sollte, fiel dem Mann der Groschen.

Es war ein abgekartetes Spiel!

Ein Todesurteil unter Abwesenheit der Angeklagten!

Alle von ihm unterzeichneten, in BESTER ABSICHT unterzeichneten, Papiere waren in Kopie als Anlage beigeheftet. Dazu Seitenweise handschriftliche Erläuterungen seiner Tochter über angebliche Haushaltsunfälle, die in Zukunft unbedingt vermieden werden müssten, um das Leben der lieben Eltern ja nicht zu gefährden!

Diese Heuchlerbande!

Man kennt das doch. Die Kinder kommen zu Besuch, fragen wie es so geht, und Mutter erzählt dann dummerweise, dass ihr letzte Woche beim Vornüberbeugen wohl eine Wäscheklammer in die Schleuder geraten sei. Jedenfalls, dreht sich die Schleuder, macht Rummms, eine Holzwäscheklammer saust durch die Luft und reisst Mutter ein Stück vom Ohrläppchen ab!

Gezehter, Geschrei! Daß Du mir dieses Museumsstück von Wäscheschleuder jetzt nun endlich auf den Müll wirfst! Ich werde Dir einen modernen Wäschetrockner besorgen, wo so etwas nicht mehr passieren kann. Oder noch besser: Du solltest das gar nicht mehr alleine machen. Viel zu gefährlich!

Oder die Geschichte mit dem Gasherd: Die Familie sitzt, selten genug, Sonntags gemütlich im Wohnzimmer, Mutter will in die Küche um den Kaffee holen zu gehen: Nein lass nur Mama, ich mach das schon! Plötzlich ein Mordsgeschrei in der Küche. Nicole hatte die Kuchenglocke auf den Gasherd gelegt; Gas sammelt sich unter der Glocke, sie hebt das Ding hoch und Wumms, eine Verpuffung. Am Ende hatte sie ein paar Augenbrauen-Häarchen weniger!

Dieses alte Ding sollte man auf der Stelle wegschmeissen, ist ja lebensgefährlich!!!

Das hat sie dann tatsächlich getan. Keine Woche später wurde ein neuer Gasherd geliefert. Warum der jetzt besser sein sollte, wusste der Mann nicht.

Alles schön säuberlich aufgeschrieben, in hektisch angstvoller Handschrift, zum Wohle der Eltern. Sie muss jahrelang darüber Buch geführt haben, mein Gott!

Wie sollte er gegen die fürsorglichen Ängste seiner Tochter argumentieren?

Es bestreitet ja niemand, dass solche Dinge passieren, aber die passieren auch sonst wo.

Und sicher: Irgendwann sollten wir uns tatsächlich nach jemandem umschauen, der Mutter bei der Hausarbeit unterstützt. Aber nicht jetzt. Und nicht so! Nicht in fremder Umgebung.
Aber bitte! Wenn jeder ein Stück vom Haus haben will, bevor wir unter der Erde liegen, dann sollen sie es kriegen. Aber jeder soll erfahren, wie die uns hintergangen haben!

Der Mann ist völlig außer sich. Er sitzt starr in seinem Bürosessel und hat die Fäuste geballt. Wieder und wieder überdenkt er die Situation; denkt an seine Kinder, den Anwalt. Dann an seine Frau. Selbst wenn er mit dieser „Zwangsumsiedlung" fertig werden würde, seine Frau würde daran zu Grunde gehen; da bestand für ihn kein Zweifel.
Und dann merkt er, wie die Kraft seinem Körper entweicht, die Gefühle ihn überrennen.
Er muss seinen Kopf mit beiden Händen abstützen. Und dann fängt er an zu weinen.

Die Frau sitzt am Küchentisch und schält Kartoffeln und Karotten für die Linsensuppe. Hinter ihr läuft leise ein altes Radio.
Das Schälmesser, das sie in ihrer Hand hält, hatte früher ihrem Vater gehört. Er hatte es immer beim Angeln dabei. Es besteht aus einer Stahlklinge zwischen zwei Holzgriffschalen. Das Holz ist mittlerweile unansehnlich schwarz, die Stahlniete stehen hervor; die Klinge ist vom Schleifstein so ausgedünnt, dass sie in der Mitte nur noch etwa fünf Millimeter breit ist. Sie hatte es damals bei der Evakuierung dabei und ist immer noch ihr bestes Schälmesser.
„So, jetzt noch ein paar für Ilse!", denkt die Frau.
Die geschälten Kartoffeln legt sie in einen emaillierten Topf, der halb mit Wasser gefüllt ist; die Schalen liegen auf einer alten Zeitung.

Die Frau macht äußerlich einen ruhigen Eindruck. Tatsächlich ist sie jedoch bis auf das Äußerste angespannt. Normalerweise hat die Hausarbeit eine beruhigende Wirkung auf sie, doch heute ist es anders. Heute ist alles anders.

Mit zynischem Lächeln musste sie an einen Spruch denken, den sie in den 60er Jahren immer wieder gehört und oft auf Häuserwänden gelesen hatte:

„Heute ist der erste Tag vom Rest Deines Lebens!"

Bis vor ein paar Tagen waren die letzten Jahrzehnte ihres Lebens mit ihrem Mann harmonisch und ruhig verlaufen.

Man hatte so sein Zipperlein, doch eigentlich ging es beiden noch recht gut. Der Mann wurde immer vergesslicher, doch immerhin hatte er sich von seinem Herzanfall wieder gut erholt, was die Frau nicht zu unrecht darauf zurückführte, dass sie seine Ernährung umgestellt hatte und dafür Sorge trug, dass er pünktlich seine Tabletten nahm.

Was würde er nur ohne mich anfangen? Was würde ICH ohne IHN anfangen?

Mit dem Hemdsärmel trocknet sie eine Träne und versucht, sich auf die Arbeit zu konzentrieren.

Seit dem Krieg lebten sie Seite an Seite. Sie waren EIN Geist in ZWEI Körpern.

Nie hatten sie verstanden, wie sich Ehepaare scheiden lassen können.

„Mann und Frau. Vor Gott und der Welt! Bis dass der Tod uns scheidet." Daran glaubten sie beide. Natürlich gab es auch Streit. Aber sie kann sich beim schlechtesten Willen kein Problem vorstellen, dass sie beide auseinander bringen könnte. Außer: Dem Tod.

Sie kann nicht mit Sicherheit sagen, ob diese Gewissheit ihrem Glauben an die Regeln der Kirche geschuldet war, der Liebe zu Ihrem Mann, den Erlebnissen am Anfang ihrer Ehe oder einfach nur der Macht der Gewohnheit. Aber eine Trennung stand auch früher, in schwierigen Zeiten, nie zur Diskussion.

Natürlich war sie sich Anfangs nicht so sicher gewesen.

Ihre Heirat war ja nicht so romantisch gewesen, wie sie es sich vorgestellt hatte.

Es war eine „Notheirat" ; sie war im siebenten Monat schwanger. Direkt beim ersten Mal, war sie schwanger geworden. Sie liebte diesen jungen, ungeschickten Kerl vom ersten Tag an. Ihre Mutter hatte sie gewarnt, sich „was bodenständigeres" zu suchen.

Meine Güte! Er war Buchhalter. Wie bodenständig kann man denn noch sein?

Mit der Schwangerschaft waren dann aber alle Diskussionen beendet gewesen. Gott hatte seine Entscheidung getroffen, davon war sie überzeugt. Und es war die richtige Entscheidung.

Kurz zuvor hatte er sich entschieden, sich als Soldat zu melden. Sie wollte es nicht, verstand aber, warum er es tat: Es gibt keine Zukunft, außer man kämpft dafür. So oder so.

Und so gesehen, war der Krieg für beide ja auch so etwas wie ein Segen gewesen, hieß es damals. Durch die Schwangerschaft miteinander verbunden; wer weiß, was passiert wäre, wäre sie nicht schwanger geworden.

Es war Unsinn, das wusste sie jetzt. Von einem Segen konnte niemand sprechen.

Es war lediglich das Geschnatter junger Mädchen gewesen.

Denn tatsächlich hatten sie sich in den ersten Jahren höchstens wochenweise gesehen.

Sie wusste zwar, dass viele Paare sich, wenn überhaupt, in den ersten Jahren trennten. Wenn die ersten Probleme auftraten und ein Rückzieher noch möglich war.

Doch nach der Verlobung war das schon eher selten.

Nach dem Krieg waren beide froh einander zu haben. Doch das war nicht das selbe.

Über Monate war die einzig mögliche Verbindung zwischen ihnen die Feldpost gewesen. Interessant und beängstigend zugleich.

Wie kann der Kontakt über Briefe, Menschen über eine so lange Zeit verbinden?

Durch wie viele Hände waren diese Briefe bis zu ihrem Ziel gekommen? Wie leicht hätte die Verbindung abreißen können? Ihr Mann hatte von einem Bild erzählt, welches er im Krieg verloren hatte. Sie konnte sich nicht an das Bild erinnern, aber ihm schien es viel bedeutet zu haben.

Um so schlimmer war die Zeit, in der ihr Mann in Gefangenschaft war; fast drei Jahre!

Nur durch Zufall hatte sie überhaupt davon erfahren. Ein Kamerad, dem das gleiche Schicksal erspart geblieben war, stand eines Tages vor ihrer Tür. Er sagte, dass ihr Mann vor einigen Monaten gefangen genommen wurde. Es ginge ihm gut, doch er käme jetzt in ein Arbeitslager.

Jeden Tag hat sie zum Herrgott gebetet, er möge ihr ihren Mann wieder bringen.

Der Ausnahmezustand war ihr Alltag. Da waren die Kinder; die Eltern. Nachbarn, Bekannte und andere Flüchtlinge. Man half sich wo es ging. Und irgendwie ging es immer.

So viele Mäuler waren zu stopfen! Im Nachhinein wusste sie gar nicht mehr zu sagen, wer oder was ihr die Kraft zum täglichen Überleben gab. Waren es die Kinder? Die Verantwortung für die eigenen Eltern und Großeltern? Die Hoffnung auf die Rückkehr ihres Mannes?

Jedes mal, wenn sie dazu befragt wurde, antwortete sie gleich:

Es war der Glaube. Der Glaube, dass der Herrgott für sie und ihre Lieben einen Plan hat. Die Hoffnung, mit allem fertig zu werden, wenn man den Glauben nicht verliert.

Und das war eine verdammt harte Prüfung. Das Leben, so wie sie es als Kind erfahren hatte, gab es nicht mehr. Nur Not, Hunger und der tägliche Kampf ums Überleben.

Was hatten sie nicht alles überstehen müssen! All die Abschiede, all die Tränen.

Als junges Paar getrennt zu sein, die Kinder in den ersten Jahren alleine aufziehen.

Der Krieg, die Evakuierung und dann: Heimkehr.

Aber von zu Hause war kaum etwas übrig.

Also mussten sie das Haus neu aufbauen. Es war schöner und größer als vorher. Massiv und luxuriös, mit großen Fenstern. Der große Garten gehörte jetzt nicht mehr ihnen. Ilse und ihr Mann hatten das Grundstück gekauft.

Aber das, was vom Grundstück übrig geblieben war, war mehr als genug.

Den Apfelbaum hatte sie sich als Setzling aus der Evakuierung mitgebracht. Manche Jahre war er so voll mit Äpfeln, dass man die Äste abstützen musste, bevor sie brachen. Jetzt war er alt, verkrüppelt und trug kaum mehr Früchte.

Viele wundervolle Jahre hatten sie hier in diesem Haus verbracht. Sie, ihr Mann und die Kinder.

Dann waren die Kinder, nach und nach, ausgezogen. Es wurde ruhiger im Haus. Doch das war in Ordnung. Es war der Lauf der Dinge.

Vor Jahren hatten sie sogar Zeit für Urlaub! Ihr Mann hatte ihr Belgien und Frankreich gezeigt und sich gefreut, wie schön es nach dem Krieg dort war. Unterwegs hatten sie an einem Ehrenfriedhof halt gemacht. Der Mann hatte das Register durchsucht und tatsächlich die Namen zweier Kameraden gefunden, die dort lagen.

Da war er ganz still geworden, hatte sie in den Arm genommen und ihr gesagt, wie glücklich er sei.

Der Krieg hatte überall seine Wunden hinterlassen. Auch bei ihr.

Und es gab Dinge, die sie ihm nie erzählt hat. Manche Wahrheit ist als Geheimnis besser aufgehoben.
Da war dieser Kerl, der ihr eines Tages aufgelauert hatte.
Sie war allein mit dem Fahrrad unterwegs; kam zurück von der Feldarbeit. Auf dem Gepäckträger hatte sie eine kleine Kiste voller Kartoffeln; sehr, sehr kleine Kartoffeln der zweiten Lese. Aber halbwegs genießbar und endlich in ausreichender Menge.
Da stand er auf der Strasse und verstellte ihr den Weg. Er gab sich als Hauptmann aus, der Passanten überprüfen solle, weil es in letzter Zeit öfter zu Plünderungen gekommen sei.

Er wusste sicher genau, dass die Kartoffeln der Lohn für ehrliche Arbeit war; es war bloß ein Vorwand.
Als erstes entriss er ihr das Fahrrad und warf es auf den Boden. Der karge Lohn für 12 Stunden Arbeit kullerte die Straße hinunter, ohne dass sie etwas dagegen tun konnte.
Doch es kam noch schlimmer. Der Mann sah sich um, zog ein Messer aus dem Gürtel und zerstach die beiden Reifen. Mit einem dreckigen Grinsen im Gesicht und das blanke Entsetzen voll auskostend, zog er die Frau grob an den Haaren in eine nahestehende Hausruine.
Es war klar, was er vorhatte und die Frau war halb tot vor Angst.
Er zog sie hinter sich her und warf sie dann auf den Boden. Die Frau sah sich nach einem Gegenstand um, mit dem sie sich hätte wehren können. Nicht mal ein Stein lag in ihrer Reichweite. „Die ganze verdammte Stadt liegt in Trümmern. Aber wenn man einen Stein braucht, ist keiner zu finden!", dachte die Frau verzweifelt.

Es war zu spät. Der Mann kniete zwischen ihren Beinen und nestelte an seiner Hose.

Die Frau war völlig verkrampft, schloss die Augen und hoffte, dass dieses Schwein es möglichst schnell hinter sich bringen würde.

Wenn sie sich jetzt wehren würde, dann würde der Kerl sie wahrscheinlich mit seinem Messer aufschlitzen. Wer würde sich dann um die Kinder kümmern?

Niemand würde sie hier suchen.

Nein, sie war entschlossen, es über sich ergehen zu lassen und dann würde sie es ... vergessen.

Doch dann, sie wusste selbst nicht wie es geschah; der Mann grabschte hektisch und wild an ihren Kleidern und beugte sich gerade über sie, da zog sie reflexartig ihre Beine an den Körper, weil er an ihren Haaren zog. Dabei musste sie ihn wohl an seiner empfindlichsten Stelle getroffen haben.

Vor Schmerz und erschrocken über die unerwartete Gegenwehr schrie er auf, stolperte nach hinten und ... mit dem Rücken an einem Trümmerstück des Hauses schien er voller Entsetzen und plötzlich vollkommen ruhig einen bestimmten Punkt im rückwärtigen Gebäudeteil zu fixieren.

Für ein paar furchtbar lange Sekunden wusste die Frau nicht, was passiert war.

Erst als sich ein, erst kleiner, schnell größer werdender roter Fleck auf dem Unterhemd des Mannes ausbreitete, ahnte sie, daß der Mann beim zurückfallen von einem abstehen Bewehrungsstahl durchbohrt worden war. Direkt oberhalb des Beckenknochens; nicht unbedingt tödlich aber sicher sehr schmerzhaft.

Unfähig irgendetwas zu unternehmen, starrte sie den Mann an. Erst nach weiteren Sekunden voller Angst stand sie unbeholfen auf und bewegte sich mit möglichst großem Abstand von ihrem Peiniger auf das nächstgelegene Loch in der Hausfassade zu.

Erst in diesem Moment schien der Mann verstanden zu haben, dass die Frau weglaufen wollte. Er warf sein gesamtes Gewicht nach vorne um sie anzugreifen. Doch er klappte sofort zusammen, wie eine Marionette, der man die Schnüre durchgeschnitten hatte. Er keuchte vor Erschöpfung und schrie halb schimpfend, halb klagend Verwünschungen aus.

Sie ließ den Mann liegen und rannte wie der Teufel.

Sie hatte diesen Mann gekannt; oberflächlich. Er war auf ihrer Schule gewesen. Ein stiller, ernster Junge mit korrektem Mittelscheitel und blitzblanken Schuhen.

Als zu Kriegszeiten die öffentliche Ordnung zusammenbrach, entledigte er sich aller Zwänge und zeigte sein wahres Gesicht. Jahre später, nach dem Krieg, war er wegen Amtsanmaßung und mehreren Vergewaltigungen eingesperrt worden. Man sagt, er habe sich in seiner Zelle erhängt. Andere sagen, er sei von Mithäftlingen massakriert worden.

Das mit dem Tod in der Zelle hatte die Frau ironischerweise von ihrem Mann erfahren.

Sie sagte ihm nichts. Warum auch. Es war vorbei und eigentlich war ja auch nichts passiert. Und irgendwie fand sie es auch unschicklich, peinlich, mit ihrem Mann über „so was" zu reden. Er hätte sich nur Sorgen gemacht und nichts ändern können. Basta!

Von Flüchtlingen aus dem Osten wusste sie, dass die meisten anderen Frauen weniger Glück in ähnlichen Situationen hatten.

Eine alte Frau aus Ostdeutschland hatte ihr in einem Luftschutzkeller erzählt, wie ihre gesamte Familie ausgelöscht worden war. Vagabundierende Russen, oder Männer, die man für solche hielt, hätten ihre Gruppe von einem Flüchtlingszug separiert.

Ihre beiden Söhne und die drei Enkelkinder wurden sofort getötet. Die Frauen, egal in welchem Alter, hatte man mehrere Tage lang verschleppt.

An dieser Stelle konnte die alte Frau vor Schluchzen mehrere Minuten lang nicht mehr reden. Nach ungefähr einer Woche sei die Gruppe dann zufällig von der Wehrmacht gestellt worden. Zwei der Töchter starben im Kugelhagel als Schutzschild der „Russen".

Eine Enkeltochter war einen Tag zuvor an ihren Unterleibsverletzungen verblutet und die einzig verbliebene Tochter nahm sich vor lauter Pein und Schande das Leben.

Das war das eigentlich furchtbare am Krieg: Er veränderte die Menschen in einem Maße, das man nicht für Möglich hält. Meist zum Schlechten.

Nicht schlimm genug, dass junge Männer spärlich ausgebildet für die Idee eines Wahnsinnigen ihr Leben gaben. Auch Zivilisten gingen sich an die Gurgel. Und die Hemmschwelle für Gewaltanwendung sank damals auf ein nie für möglich gehaltenes Niveau.

Sicher waren da viele, die auch im „normalen Leben" Kriminelle waren.

Aber es gab eine unglaublich hohe Anzahl von Menschen, die durch die Kriegssituation jegliche Hemmungen und Moral über Bord warfen und sich einfach nahmen, was sie brauchten.

Einmal hatte sie ihren Mann gefragt, ob auch er … von solchen Dingen mitbekommen hat, als er noch Soldat war. Er hatte sie in seine Arme genommen und gesagt:

"Ich habe viele Dinge getan, und noch mehr gesehen, für die mich der Herrgott in die Hölle schicken kann. Nichts von dem, was damals geschah, kann ein klarer Verstand rechtfertigen. Aber ich kann mir immer noch im Spiegel in die Augen sehen. Und ich kann Dich und unsere Kinder in die Arme nehmen, ohne damit ein schlechtes Gewissen zu wecken!"

Das hatte ihr genügt.

Als er aus dem Krieg nach Hause kam, war aus dem unbeholfenen jungen Kerl ein Mann geworden. Er war verantwortungsbewusst, lebenshungrig, bedächtig, vorausschauend und liebevoll. Aber auch hart, verschlossen, nachdenklich; bei Themen wie Geschichte und Politik aufbrausend bis zum Jähzorn.

Irgendetwas hatte ihn verwandelt. Kühler und leidenschaftlicher, besonnener und wilder, männlicher, aber auch weicher.

Er hatte seine Extreme kennen gelernt, seine durchschnittlichen Grenzen ausgebaut.

Nicht nur, was seine Leidensfähigkeit anging, sondern auch sein Mitleid. Die Notwendigkeit zu Sparen genauso wie die Freude am Genießen.

Er hatte in den Rachen der Hölle geschaut und so in der „normalen Welt" eine Art Paradies gefunden. Nichts fürchtete er so sehr wie Schmerzen und nichts hasste er so wie Dummheit. Der Krieg, Tod seiner Jugend, war ein vorzüglicher Lehrmeister für sein Leben! Anfangs war sie darüber erschrocken, aber sie gewöhnte sich daran.

Traurig dachte die Frau an all die Verstorbenen in ihrer Familie. Ihre Eltern, die während eines Fliegerangriffs getötet worden waren. Ihr Bruder, der in Russland „vermisst" war.

Nur ihre eigene kleine Familie, ihr Mann und die Kinder, hatte alles heil überstanden.

Sie hatten kämpfen müssen und haben es irgendwie geschafft.

Bis jetzt.

Die Frau legte das Messer zur Seite, trocknete ihre Hände an ihrer Schürze und lehnte sich zurück.

Sie betrachtete ihre Hände. Sie waren faltig, ausgetrocknet und mit Altersflecken übersät. Die Haut war pergamentartig durchscheinend und unansehnlich.

Früher hatte sie schmale, zarte Hände mit langen manikürten Fingernägeln. Ihre helle Haut stand in starkem Kontrast mit ihrem feuerroten Haarschopf. Als Jugendliche hatte sie diese Haare gehasst. Sie machten ihr ständig Arbeit, weil sie kaum zu bändigen waren. Völlig ungeeignet für eine modische Frisur. Meist hingen sie störend im Gesicht.

Erst als sie mit der Zeit merkte, dass es junge Männer gab, welche ihr fasziniert hinterher schauten, gab sie den Kampf auf und ließ die Haare ungestüm über die Schulter fallen. Auch ihr Mann war immer ganz verrückt nach diesen Haaren gewesen.

Mit einem sanften Lächeln auf den Lippen und den Händen, im Schoß zusammengefaltet, saß die Frau so auf dem unbequemen Küchenstuhl und schaute andächtig in ihre Vergangenheit.

Sie dachte an die Zeit zurück, als sie ihren Mann kennen lernte.

Da war ein Park. Voller Blumen. Rosen, Tulpen und Narzissen in allen Farben. Es duftete herrlich und anregend.

Jugendliche, Familien mit ihren Freunden oder auch einzelne Personen spazierten, liefen, tollten herum oder saßen im kniehohen Gras und freuten sich am schönen Wetter eines noch jungen Frühlings.

Es war der erste warme Tag des Jahres und man verabredete sich Sonntags, nach dem Gottesdienst, zum Reden oder Federball spielen.

Sie saß mit zwei ihrer Freundinnen im Gras und hörte aufgeregt zu, als ihre beste Freundin Ute, mit roten Wangen und vorgehaltener Hand von ihrer ersten Verabredung erzählte. Wie der Bursche ihr beim Spazieren gehen dreist den Am um die Schultern legte und ihr am Abend völlig ungeniert einen Abschiedskuss auf die Lippen gab.

Es war alles so neu und aufregend. Natürlich wollte sie später heiraten und Kinder bekommen. Aber sie träumte von einer Heirat aus Liebe. Nicht aus Karrieregründen oder wegen Geld. Oder weil sich die Eltern für einen Kandidaten entschieden; so wie bei ihrer Mutter.

Ihre Familie hatte Geld. Sie waren nicht reich, aber auch nicht die Ärmsten der Stadt.

Sie hatte zwar schon einen Verehrer gehabt, doch der war ein karriereorientierter Waschlappen und hatte sich bald mehr für die Geschäfte ihres Vaters interessiert, oder es zumindest geheuchelt. Der Vater war seinerzeit ein einflussreicher Geschäftsmann und davon versprach sich der Junge wohl einiges.

Er war Banklehrling; sehr eitel und furchtbar konservativ. Irgendwann war es zur Gewohnheit geworden, dass er Samstagnachmittags zu Besuch kam und mit dem Vater Schach spielte. Anfangs sah sie dabei zu, doch dann wurde es ihr langweilig. Sollte er doch Schachspielen. Aber ohne mich.

Was sie suchte war Herzklopfen, rote Wangen, süße kleine Geheimnisse vor den Eltern.

Da war ein Junge. Sie erinnert sich nicht genau, wann er ihr das erste Mal aufgefallen war. Er spielte Querflöte im Kurorchester.

Irgendwie war er anders. Wenn er mit seinen Kameraden rumfeixte, schien es so, als würde er sich nicht aus Übermut mit ihnen Balgen sondern war nur zufällig dabei, um das Schlimmste zu verhindern. Er hatte so etwas überlegenes, reifes an sich.

Und doch war er tollpatschig wie ein junger Hund.

Einmal hatte sie ihn beim Arbeiten beobachtet. Er half irgendjemandem ein Haus zu renovieren. Dazu musste er mit einer schwer beladenen Schubkarre über ein sehr dünnes Brett fahren, um einen Graben zu überwinden.

Mit der Karre in der Hand stand er nachdenklich vor dieser wackeligen Behelfsrampe und schien sein Vorhaben abzuwägen. Doch dann fasste er Mut, nahm Anlauf und, kaum hatte er etwa die Hälfte zurückgelegt, da bog sich das Brett durch, die Fuhre kam ins Schlingern und er stürzte zu Boden.

Sichtlich verärgert aber unverletzt klopfte er sich den Staub aus den Kleidern. Unbeholfen versuchte er, die Karre aus dem Dreck zu ziehen und landete dabei zwei Mal auf dem Hosenboden.

Als die Frau eine Stunde später wieder an der Baustelle vorbei kam, war der junge Mann gerade dabei, das letzte Brett einer Hilfskonstruktion mit Nägeln zu befestigen.

Aus etlichen Brettern und Bohlen hatte er mühsam und überlegt eine etwa 1 Meter breite Konstruktion gebaut, die äußerst massiv, sehr kunstvoll, aber völlig übertrieben wirkte. Doch gerade als er sich zufrieden den Schweiß von der Stirn wischte, kam ein Mann aus dem Haus und beschimpfte den jungen Mann, dass er alle verfügbaren Bretter und Nägel verschwendet habe und den Mist wieder auseinander bringen solle.

Ein anderes Mal hatte sie ihn in einem Biergarten beobachtet. Er saß mit mehreren Gleichaltrigen zusammen. Augenscheinlich war gerade ein Streit im Gange, da der Kellner beschuldigt wurde, zu wenig Geld zurückgegeben zu haben.

In einem unbemerkten Moment stahl sich der junge Mann fort, ging rüber zu dem Beschuldigten, redete ein paar Minuten auf ihn ein und steckte ihm anschließend etwas zu.

Als der Junge Mann wieder am Tisch saß und die aggressive Stimmung sich etwas gelegt hatte, kam der Kellner erneut zu ihnen, entschuldigte sich überschwänglich für seine Dummheit, und legte einen abgezählten Pfennigsbetrag auf den Tisch.

Dann, der Kellner war schon auf dem Rückweg zur Gaststätte, drehte er sich unbemerkt für die Anderen zu dem jungen Mann am Tisch und zwinkerte im zu.

Ja, sie war sich sicher: Dieser Kerl war etwas ganz besonderes. Nicht besonders geschickt, aber hartnäckig. Körperlich nicht besonders stark, aber gescheit und zielstrebig.

Und als sie da im Gras saß und ihre beiden Freundinnen von ihren Liebesabenteuern erzählten, fing ihr Blick das Gesicht jenes jungen Mannes auf.

Er musste sie schon eine ganze Weile beobachtet haben und nahm entsetzt zur Kenntnis, dass sie ihn nun entdeckt hatte. Der jungen Frau war nicht bewusst gewesen, dass sie ihm jemals aufgefallen war. Eigentlich hielt sie sich für die Beobachterin. Und so war auch sie erschrocken über diese Entdeckung. Sie fühlte ihr Herz rasen und konnte nicht verhindern, dass ihre Wangen rot wurden.

Sie musste sich konzentrieren, den Erzählfaden ihres Gegenübers nicht zu verlieren. Doch es gelang ihr nicht. Denn sie war zu sehr damit beschäftigt ihren Atem zu kontrollieren, während sie sich auffällig unauffällig so hinzusetzen versuchte, dass ihre Haare ihre Schamesröte verdeckte.

Sie drehte und senkte ihren Kopf und versuchte gleichzeitig durch die Haarsträhnen zu beobachten, ob der junge Mann tatsächlich sie ansah.

Doch es bestand kein Zweifel an seinen Absichten. Er versuchte wohl gerade seinen Mut zu sammeln, um bei den drei jungen Damen vorzusprechen, ohne sich zu sehr zu blamieren. Dann bemerkte sie, dass er eine Art mit Sackleinen umwickelten Blumentopf bei sich trug und konnte sich keinen Reim darauf machen.

Den beiden Freundinnen war der Stimmungsumschwung natürlich nicht entgangen und ohne dass die junge Frau dies verhindern konnte, reckten sie ihre Hälse, um über das trennende Gebüsch zu schauen und die Ursache der Ablenkung auszumachen.

Nun war allen Dreien klar, was da wohl vor sich ging, und die beiden neckten nun ihre Freundin mit Ausrufen wie :

„So ein schöner Tag, doch weit und breit kein Kavalier, der junge Damen zu unterhalten weiß!", „Ja, vielleicht mit einem Stück auf

seiner Querflöte." „Oder mit einem schönen Strauß ... frischer Setz-
linge in einem Kohlensack!"
Die beiden verbogen sich vor Lachen und die junge Frau wusste,
dass er alles mitangehört haben musste.

Am liebsten wäre sie im Erdboden versunken. Sie konnte weder
davonlaufen, noch irgendetwas tun, um ihn zu ermutigen. Sie
wusste nicht, was sie tun sollte.
Doch dann geschah das Unfassbare.
Der junge Mann, selbstbewusst lächelnd und schneidig aussehend
in einem modischen schwarzen Anzug, kam auf die kleine Gruppe
zu, verbeugte sich grüßend und sagte allen ernstes:
„Ach hier sind Sie, meine Liebe. Es tut mir leid, ich wurde auf-
gehalten. Ich befürchtete schon, ich hätte sie verpasst! Wie versprochen, habe ich Ihnen einen kleinen Ableger meines Rosenstrauches
mitgebracht."
Dann blickte er ihr tief in ihre grünen Augen und sagte, während
er ihr den Arm zum Einhaken entgegenhielt:
"Sie sind mit Abstand das atemberaubendste Geschöpf, das ich je
in diesem Park erleben durfte und ich würde alles geben, um Sie
heute einmal lächeln zu sehen."
Von unbekannten Mächten gesteuert erhob sich die junge Frau wie
paralysiert und hakte sich bei ihm ein, ohne ihn aus den Augen zu
lassen.
Dann hörte sie sich sagen: "Wenn Sie möchten, schenke ich Ihnen
den ganzen Nachmittag!"
Arm in Arm gingen die Beiden in Richtung Kaffeehaus am anderen
Ende des Parks und ließen zwei völlig konstatierte junge Frauen
mit aufgerissenen Mündern zurück.
Seit diesem Tag, dieser Stunde, waren sie ein Paar.

Da gab es gar nicht viel zu bereden; es war so.

Jede freie Minute verbrachten sie miteinander. Doch dann ging alles so furchtbar schnell.

Sie wurde schwanger, heiratete und war, fast ohne es zu bemerken, erwachsen geworden.

Und dann, schleichend und unvermeidbar, war der leibhaftige Satan über das Land gekommen.

Dieses Leben wollte sie nicht führen. Nicht so.

Sie hatte sich immer wieder nach einem Sinn gefragt, der hinter allem stehen musste.

In ewigem Gebet hat sie um die Gesundheit ihrer Lieben gebettelt.

Und als dann alle wieder beisammen waren, glücklich und gesund, da hatte sie sich irgendwie doch betrogen gefühlt.

Mit diesem Gefühl hatte sie sich nie ernsthaft auseinandergesetzt. Schon gar nicht im Gebet. Sie hatte ja bekommen, was sie erbeten hatte.

Aber zu welchem Preis? Die Unschuld ihrer Beziehung mit ihrem Mann war durch fremde Hand genommen worden.

Als er zurückkam, war er nicht mehr der selbe. Als er zurückkam, war er ein Mann.

Der Mann, den sie liebte, aber eben nicht der schlacksige Junge, der so verrückt nach ihr war und den Boden anbetete, auf dem sie stand.

Man hatte ihnen gemeinsame Zeit gestohlen.

Sich zusammenraufen müssen ist nicht dasselbe, wie ein Leben miteinander teilen wollen.

Wenn es einen Zeitpunkt gegeben hat, der die folgenden Wendungen markiert hat, dann war es nicht der Krieg, sondern die erste Schwangerschaft gewesen.

Sicher liebt sie ihre Kinder. Aber ihre Zeugung war eher das gegenseitige Ausleben animalischer Begierde gewesen, als die bewusste Vereinigung mit der einzig möglichen Konsequenz. Spüren die Kinder etwa, dass es damals einen Unterschied gegeben hatte zwischen liebevoller Hingabe und schneller, heißer Lust?

Nach den letzten Ereignissen fragte sich die Frau verzweifelt, ob es wohl ihre Schuld war, die Schuld der Eltern, dass die Kinder so herzlos und falsch werden konnten.

„Meine Güte, sie sind doch schon alle erwachsen!", dachte die Frau, ärgerlich auf sich selbst.

Aber es muss einen Grund dafür geben. Es gibt für alles einen Grund.

Man muss nur lange genug in sich hineinhorchen, dann findet man die Antwort.

Ein ungutes Gefühl macht sich in ihr breit. Es war wegen einer Bemerkung, die ihr Mann vor kurzem fallen ließ:

„Da tut man alles was man kann, damit es den Kindern einmal besser geht, und wenn man es dann irgendwie geschafft hat, ist ihr Charakter verdorben. Sie wissen es einfach nicht zu schätzen.

Glück das aus Leid hervorkommt, hat immer nur eine Bedeutung für die Leittragenden!"

Wenn das wirklich stimmte, welchen Sinn soll dann der ganze Kampf am Ende gehabt haben?

Im Grunde wusste sie die Antwort.

Wenn dem nicht so wäre, hätte sie dem Plan ihres Mannes nie zugestimmt.

Denn in gewisser Weise trifft das alles auch auf sie selbst zu. In der Generation ihrer Mutter, hätte man das Kind vermutlich abgetrieben oder fortgegeben. Eine „Notheirat" war damals einfach undenkbar, wenn man nicht das Gesicht verlieren wollte.

Für diese Errungenschaft hätte sie der Generation ihrer Mutter eigentlich danken sollen.

Die letzten Zweifel, die ihr innewohnen, sind allein darin begründet, dass sie nicht den Mut aufbringt sich die verbleibenden Jahre so auszumalen, wie sie sich zweifellos ereignen würden.

Sie will das nicht. Keine Fremde Umgebung. Kein überarbeitetes Pflegepersonal in einer emotional keimfreien Umgebung. Keine Pflichtbesuche der Kinder Sonntagsnachmittags zum Kaffee.

Natürlich hat ihr Leben immer aus Verantwortung und Pflicht bestanden. Aber sie hat sich dabei nie unfrei gefühlt.

Ihr Mann hatte recht.

Was hatten sie beiden zusammen nicht alles geschafft?

Und jetzt sollten sie alles aus den Händen genommen bekommen; ausgerechnet von den Menschen, für die man alles gegeben hat?

Nein! Wenn es schon keine vernünftige Lösung gibt, dann doch zumindest eine unanfechtbare, für die man einstehen kann. Es würde nicht der kategorischer Imperativ sein, aber vielleicht die letzte Möglichkeit, aus freiem Willen zu entscheiden.

„Der Herrgott wird uns richten, so oder so!"

Der Mann geht aus dem Arbeitszimmer.

Er hat sich wieder unter Kontrolle. Minuten vorher hatte er, von einem Weinkrampf geschüttelt, eine Entscheidung gefasst.

Er ist jetzt dazu entschlossen, seinen Plan umzusetzen.

Es wird sein letzter Kampf sein. Er wird es für sich und seine Frau tun.

Er würde nicht in einem Altersheim dahinsiechen und zuschauen, wie das Leben aus seiner Frau langsam entwich.

Doch es gibt noch einiges vorzubereiten; eine Hürde gilt es noch zu nehmen. Er muß einen Brief schreiben und dieser muß zu einem bestimmten Zeitpunkt an einem bestimmten Ort ankommen. Und er muß ein Telefonat führen. Ein Anruf, von dem die Bewertung seiner Entscheidung zum großen Teil abhängen wird.

Der Mann hat es sich genau überlegt. Es wird funktionieren.

Und am Schluss werden seine Kinder, dieses intrigante Pack, mit nichts anderem dastehen, als einem schlechten Gewissen.

Doch jetzt muß er besonnen und konsequent handeln.

Um seine Frau nicht weiter zu beunruhigen, würde er sich zunächst an den Mittagstisch setzen. Anschließend wird er noch genügend Zeit haben, zu tun, was zu tun ist.

„Da bist Du ja, Du kommst gerade recht!", sagt die Frau.

„Das riecht mal wieder sehr gut, mein Schatz."

„Es ist nur ein Eintopf, nichts besonderes.", sagt sie matt.

„Die Kräuter und die Karotten sind aus dem Garten. Es ist irgendwie beruhigend, dass ...!

Sie spricht nicht weiter, sondern hält sich mit wässrigen Augen die Hand vor den Mund.

„Ich freue mich schon darauf", sagt der Mann.

Als er seiner Frau gegenübersteht, merkt er, dass ihr die Tränen nahe sind, sagt aber nichts. Er möchte ihre Gefühle nicht noch weiter anstacheln.

Umso mehr überrascht es ihn, als sie ihn ansieht und feststellt:

„Du hast geweint!"

„Ja", sagt der Mann. „Aber laß uns jetzt nicht davon reden. Wir wollen uns über das Essen freuen."

Er setzt sich an den gedeckten Tisch, und läßt seinen Blick im Zimmer umherschweifen.

Es sieht alles aus wie gewöhnlich. Die geplante Unordnung, während seine Frau das Essen macht. Töpfe über dem Herd, Teller in der Halterung an der Wand. Der gewienerte Dielenboden. Die Energiesparlampe über dem Esstisch.

Auch wieder so was. *Energiesparlampe.*

Die Tochter hatte sie besorgt.

„Wisst Ihr eigentlich, wie viel Strom ihr sparen könnt, wenn Ihr auch nur eine eurer normalen Glühbirnen durch eine Energiesparlampe ersetzt?"

Er kannte die Antwort nicht. Aber er hatte sich jedes Mal über dieses Ding geärgert, wenn er es anschaltete.

„Früher war die Sache klar: Ich lege den Schalter um und *peng*, das Licht ist an.

Aber heute ist so was anscheinend nicht mehr das, worum es geht. Ich lege den Schalter um und: Nichts. Erst Sekunden später fängt dieses Aas zu blitzen an.

Erst eine Minute später ist es dann richtig hell. Vermutlich spart dieses Ding nur deshalb Strom, weil es so lange dauert, bis es mal brennt. Oder man lässt es ganz sein und erledigt seinen Kram eben im Dunkeln!"

„Ach Unsinn, es wird schon seine Berechtigung haben. Nicole kennt sich doch aus. Sie ist doch Architektin."

„Na dann soll sie uns ein größeres Fenster einbauen, und uns nicht eine Birne aufschwatzen, die nicht brennt."

„Aber sie brennt doch!"

„Ja, und in 10 Jahren hat sich die Mühe sogar finanziell gelohnt. Was für ein Ärger wegen einer bescheuerten Lampe!"

Etwas abgelenkt und sogar ein wenig entspannt denkt der Mann an diese Unterhaltung, als er an die Decke schaut.

Die Frau kommt nun mit einem dampfenden Topf an den Tisch. Mit einer Suppenkelle füllt sie einen Blechtopf, der daneben steht.

„Für wen ist das denn?"

„Für Ilse. Die hat Probleme mir der Hand."

Dabei erstarrt die Frau und eine Träne tropft in den Suppentopf.

Mit aller Gewalt reist sie sich aus ihren Gedanken und schluchzt:

„Ich bringe ihr das nur schnell rüber!", bleibt aber am Tisch stehen, als würden die Beine ihr nicht gehorchen.

Der Mann atmet einmal tief durch und steht auf. Er tritt hinter seine Frau und umarmt sie. Er weiß nicht recht, was er tröstendes sagen kann. Doch dann sagt er:

„Ich liebe Dich, mein Schatz. Denk nicht an das, was passiert, denk an das, was wir verhindern."

„Schon gut", schluchzt die Frau, „es ist schon wieder gut."
Den Blechnapf am Körper haltend, geht die Frau langsam und gebeugt aus dem Zimmer.

Beide sitzen lange schweigend beim Essen. Die unbeschwerte Stimmung vom Frühstück ist verflogen. Je näher der Zeitpunkt rückt, um so konkreter tritt die Entscheidung auf. Irgendwann bricht die Frau das Schweigen.

Sie hat das Gefühl, sich erklären zu müssen, bevor es zu spät ist.

„Weißt du: Mit unserer Entscheidung habe ich mich, glaube ich, arrangiert.

Aber was mich zerreißt, ist die Trauer.

Einerseits ist da die Hoffnung, dass es im Heim schon nicht so schlimm werden würde. Andererseits der konkrete Verlust von allem, was wir besitzen; allem, was uns ausmacht.

Ich ... ich weiß einfach nicht, was ich ohne meinen Garten anstellen soll! Es ist so, als würde man einen Teil aus mir rausschneiden.

Ich sehe mich im Haus um und mir fallen plötzlich Dinge auf, denen ich sonst achtlos vorbeigegangen bin. Aber sie sind wertvoll. Sie sind der Beweis dafür, dass wir gelebt haben.

Für jeden anderen sind es nur Gegenstände. Aber ich kann ohne diese Dinge nicht leben. Das weiß ich jetzt.

Und was wird aus Ilse? Die ist doch jetzt ganz alleine. Was werden unsere Bekannten zu der Sache sagen?

Und wenn ich daran denke, wie es dazu gekommen ist ...

Ich bringe die Briefe und Anrufe gar nicht in Zusammenhang mit ..."

„... mit dem Bild, das wir von unseren Kindern haben. Ich weiß, so geht es mir auch. Manchmal glaube ich auch, es sind Fremde."

„Und ich suche und suche nach einer anderen Möglichkeit. Ich hatte so gehofft, dass man mit Nicole und Manfred noch mal reden könnte."

Nach einem Moment der Stille sagte der Mann:

„Ich habe heute Mittag die Überschreibungsurkunde gesucht. Sie ist weg. Jemand hat sie gesucht, alles so aussehen lassen, als wäre er nicht da gewesen, und dann hat er die Urkunde geklaut. Er ... oder sie."

„Du glaubst doch nicht, dass Nicole ..."

„Wieso verteidigst Du sie immer noch? Gegen mich? Es ist völlig wurscht, wer von beiden es war. Denn es war in jedem Falle in ihrem Sinne. Hast Du das Anschreiben an das Gericht vergessen? Sie hängt da mit drin!

Ja und die anderen drei? Lassen monatelang nichts von sich hören und dann tauchen plötzlich ihre Unterschriften auf einer gerichtlichen Verfügung auf.

Wie haben die das denn gemacht, wo sie doch beruflich SOO eingespannt sind, dass es ihnen unmöglich ist, ihre alten Herrschaften mal auf einen kleinen Besuch zu überraschen. Und ich rede jetzt nicht von den Malen, wo jeder einzelne von ihnen Geld wollte!

Und glaub bloß nicht, dass ich auch nur noch ein Wort mit denen wechseln werde. Reden, ha!"

Nachdem seine Wut ein wenig abgeklungen war, sagt er:

„Wir sollten uns nichts vormachen: Wir sind allein.

Ilse tut mir leid. Ehrlich. Ich weiß, dass sie leidet wie ein Hund. Aber in gewisser Weise ist sie in einer ganz ähnlichen Situation wie wir. Vielleicht sollten wir sie ..."

„Untersteh Dich, um Himmels Willen!"

„Ja, tut mir leid. Es war nur so ein Gedanke.

Und außerdem: Wir können nicht jedem helfen. Und von der Problematik her wird Ilse sogar verstehen können, warum wir es so und nicht anders gemacht haben."

Beide haben sich jetzt gefasst.

Sie hängen gemeinsam ihren Gedanken nach, aber alle Tränen sind geweint.

„Ich muß noch etwas erledigen", sagt der Mann.

Er bleibt noch einen Moment sitzen, um die Gedanken seiner Frau zu ergründen.

Als er sich dann doch unschlüssig vom Tisch erhebt, sagt die Frau: „Mmh? Ach, ja gut, ich werde dann mal die Küche aufräumen."

Ein paar Minuten später wählt der Mann eine Telefonnummer, die er in seinem schwarzen Notizbuch markiert hat. „Guten Tag. Kann ich bitte den Herrn Redakteur sprechen?"

„Ja gerne, worum geht es bitte?"

„Etwas privates."

„Ich werde Sie sofort durchstellen, einen Moment bitte!"

Der Mann lehnt sich in seinem Schreibtischstuhl zurück, und zieht einen Aktenordner auf seinen Schoß.

„Hallo, wer ist da?"

„Hallo, ich bin`s!"

„Ich habe schon auf Deinen Anruf gewartet. Du machst es ja sehr spannend."

„Nun ja, es ist ... ein wenig heikel!"

„Wenn ich die Nachricht richtig verstanden habe, dann willst Du einen Artikel veröffentlichen."

„Nicht ganz. Du sollst ihn schreiben."

„Ja aber ..."

„Ich bitte Dich, hör einfach zu. Ich werde Dir heute noch einen Aktenordner zukommen lassen. Diesen sollst Du lesen. Die wichtigsten Seiten sind obenauf."

„Verstehe."

„Bei dem Aktenordner befindet sich ein Umschlag. Darin befindet sich ein Zettel mit einer kurzen Nachricht. Wenn Du den Artikel geschrieben hast, soll diese Nachricht die Überschrift sein."

„Aber worum geht es denn, um Himmels Willen?"

„Du wirst es verstehen, wenn es soweit ist, vertrau mir."

Nach einer kurzen Stille fügte der Mann hinzu:

„Ich rede ungern um den heißen Brei, Du kennst mich. Aber gewisse Dinge dürfen nicht ... Es muß so sein, wie ich es gesagt habe. Kann ich auf Deine Hilfe zählen?"

Nach einer kurzen Denkpause antwortete der Redakteur:

„Wenn sich alles so fügt, wie Du es sagst, dann werde ich es tun. Versprochen."

„Ich danke Dir. Ich kann Dir versprechen, dass Du auch einen Vorteil von der Sache haben wirst." Keine Antwort.

„Ach übrigens, hat Deine Redaktion immer noch einen heißen Draht zur Polizei?"

„Ja, wir haben da einen ehemaligen ... ähem ... also langsam machst Du mir Angst!"

„Mach Dir keine Sorgen. Ach, ich soll Dich noch herzlich grüssen!"

„Oh, ja, vielen Dank. Seitdem Ihr nicht mehr zur Gesangsstunde kommt, sehe ich Euch ja wirklich selten."

„Ja, selten. Ich wünsche Dir alles Gute; ich muß Schluß machen."

„Also gut. Wann kann ich denn mit den Unterlagen rechnen? Ich habe mir für heute Nachmittag extra alle Termine absagen lassen."

„Das ist sehr nett. Nun, ich werde jetzt sofort einen Kurierdienst anrufen. Sagen wir, in einer Stunde?"

„Eine Stunde. Geht in Ordnung."

Nach einigen Versuchen traut sich die Stimme am Telefon doch noch eine Frage zu stellen:

„Sag mal, bei Euch ist doch alles in Ordnung, oder?"

„Nein", war die klare Antwort, „aber ich gehe davon aus, dass ich es damit wieder einrenken kann!"

„Na dann bin ich ja beruhigt. Also, Du kannst auf mich zählen."

„Vielen Dank!"

Der Mann geht in die Küche und sieht sich um. Dann neigt er seinen Kopf bis auf seine Brust und atmet mehrmals tief durch. Wie ein Sportler kurz vor dem Wettkampf.

Er sieht auf die Wanduhr und vergleicht die Zeit, die von der Uhr am Gasherd angezeigt wird.

„Es bleibt nicht mehr viel Zeit!", denkt der Mann. „Sie kommen in einer halben Stunde!"

Er geht zum Sicherungskasten und sperrt alle Kreise außer den für die Küche.

Dann tritt es vor die Hausklingel, die über dem Kücheneingang hängt und schraubt das Plastikgehäuse ab.

Dann öffnet er die Backofenklappe und alle fünf Ventile.

Er dreht sich um und besieht sich noch einmal die Küche. Alles sauber aufgeräumt. Selbst die Tageszeitung liegt auf ihrem Platz, auf dem Küchentisch.

Er nimmt mehrere Geschirrtücher aus dem Schrank, die er sich über die Schulter wirft. Anschließend geht er zur Hausapotheke, worin sich der Cognac befindet.

Fast sieht er aus, wie ein französischer Kellner.

Einen kurzen Moment bleibt er vor der Wohnzimmertür stehen und horcht.

Alles ruhig.

Er geht hinein. Als seine Frau ihn sieht, versucht sie zu lächeln.

Sie schauen sich Fotoalben an und trinken von dem Weinbrand.

Fotos von den Kindern, als sie noch klein waren.

Da war ja das Foto, als das Haus noch frei stand, ohne Nachbarhäuser.

Klar, wo sollte es sonst sein. Er hätte seine Frau fragen sollen.

Es herrscht fast eine heitere Stimmung.

Zwischendurch schielt der Mann auf die Uhr.

Dann ist es soweit. Hoffentlich waren sie pünktlich.

„Ich habe Dich immer geliebt. Vom ersten Tag an. Das weißt Du. Und ich hoffe, ich verlange nicht zu viel von Dir!"

„Das tust Du nicht, Lieber.

Du weißt, ich würde Dir überall hin folgen. Was soll ich ohne Dich?"

Der Mann hält die Hände seiner Frau in den Seinen. Ihre Haut ist kühl und fest.

Er sieht ihr in die Augen. Und da ist nichts, außer ihm und ihr.

Alle Sorgen sind nun vergessen.

Der Mann verliert sich in den grünen Augen seiner Frau. Sie lächelt ihn an.

Ihre wilden roten Locken bilden einen faszinierenden Kontrast zu der fast weißen Haut.

Er registriert jede Sommersprosse, jedes Härchen ihrer Wimpern.

Noch einmal sieht er sie so, wie vor einem halben Jahrhundert. Nur einmal noch, und dann für immer.

Es ist ein wunderschöner warmer Frühlingstag. Gerade hatte er allen Mut gefasst, die kleine Gruppe junger Frauen anzusprechen. Heute musste er es wagen, und wenn er dabei draufginge.

Sie hatte ihn verstanden und war mit ihm mitgegangen. Nun stehen sich gegenüber, wissend, das dieser Moment mehr bedeutet, als bloß ein Kennen lernen.

Er nimmt ihr Gesicht in seine Hände und beugt sich langsam zu ihr. Und dann küssen sie sich zum ersten Mal. Dann sitzen sie im Gras. Die Augen geschlossen, und doch ist es hell. Alleine auf dem Planeten, und doch umgeben von vielen gut gekleideten Menschen, die sich ebenfalls im Park aufhalten. Behaglichkeit treibt ihm einen Schauer über den Rücken. Da: Ein Geräusch, das hier nicht hingehört. „Sehr schön!", sagt jemand. Dann, der Auslöser einer Kamera. Beide sehen den Mann, der störend vor ihnen steht. Er wirkt fast bedrohlich, obwohl er nur fotografiert.

„Tut mir aufrichtig leid. Ich wollte Sie nicht stören. Aber ich musste dieses Bild einfach festhalten. Hier, meine Karte. Sie können den Abzug Morgen in meinem Atelier abholen".

Ihre erste gemeinsame Fotografie.

Da war kein Krieg, da waren keine Kinder. Keine Gefangenschaft oder Evakuierung. Kein Empfinden für all die Jahre danach, für ein Leben nach diesem schrecklichen Krieg.
Die Wiederaufbaujahre und die Geldnot waren einfach fortgewischt. Der Alltag im Geschäft und die täglichen kleinen Sorgen empfindet der Mann nun höchstens als eine Möglichkeit unter anderen, wie sein Leben hätte verlaufen können. Sie sind einfach ein glückliches Liebespaar.

Auf einer Woge des Glücks treten der Mann und die Frau hinüber. Und dann ... ist alles vorbei.

Einen Wimpernschlag zuvor, hatte die Türklingel ausgelöst. Ein Relais wurde geschaltet; ein Kreislauf geschlossen.
Ein Funke flammte auf und bildeten einen atemberaubenden ätherischen Energiekörper, der blau-violett leuchtete und sich von der Klingel zum Gasherd bewegte. Es war die sinnbildliche, letzte Rückkehr einer körperlichen und geistigen Kraft, die der Mann noch einmal entfesselt hatte.
Der kugelförmige Körper wuchs in alle Richtungen und seine ausgezackten Randbereiche züngelten nun von tiefrot bis hellgelb.
Die lodernde Hitze versenkte die Tageszeitung auf dem Tisch, die auseinander stob und augenblicklich zu Asche wurde.
Innerhalb der Feuerkugel breitete sich nun die Druckwelle aus. Unsichtbar, aber um ein vielfaches zerstörerischer.
Die Wand zum Wohnzimmer bot nur kurzzeitig einen gewissen Widerstand.
Als erstes explodierte die einfache Holztür zwischen Küche und Wohnzimmer.

Durch den erhöhten Sauerstoffanteil im Nebenraum presste sich die Welle zunächst hungrig durch die Türlaibung, dann durch die gesamte Wand.

Alles was sich auf der anderen Seite befand, wurde gleichzeitig verbrannt, erschlagen und zerrissen. Die Betondecke zum Obergeschoss wurde in Einzelteile gesprengt und angehoben. Als sie sich wieder senkte, gab es keine Wände mehr, auf die sie sich hätte abstützen können. Unter lautem Getöse wurde die einstige Geschossdecke unter den Trümmern des Dachstuhles begraben.

Leute rannten aus ihren Häusern und Autofahrer verließen schockiert ihre Fahrzeuge. Alle starrten auf die Stelle, wo bis gerade eben noch ein altes Haus gestanden haben musste.

Und um den schockierenden Anblick ein wenig zu dämpfen, so schien es, zog ein undurchsichtiger Schleier aus Rauch und Staub über die Ruine hinweg.

Plötzlich ein Knall.

Wie zum definitiven Abschluss einer komplizierten Liturgie entflammte aus der immer noch freiliegenden Gasleitung eine Stichflamme. Mehrere Meter hoch markierte diese, als eine Art überdimensionales ewiges Licht, den Familienbesitz, über den nun doch nicht gegen den Willen seines Besitzers verfügt wurde.

A m anderen Morgen erschien das örtliche Tagesblatt mit ungewohnter Aufmachung.

Ein bebilderter Artikel, der fast die gesamte erste Seite einnahm, machte jedem die Gründe für die gestrige Explosion deutlich.

Der Redakteur hatte verstanden.

Er schrieb seinen Artikel aufgrund der Polizeiaussagen und des Dokumentenordners, den ihm der Mann gegeben hatte.

Als er damit fertig war, öffnete er, seinem Versprechen folgend, den Umschlag.

Der kurze Text, der nun in der Überschrift zu lesen war, duldete keinen Widerspruch und war in seiner Klarheit unmissverständlich.
Die Überschrift lautete:
„NEIN!"

 tredition®

Über tredition

Der tredition Verlag wurde 2006 in Hamburg gegründet. Seitdem hat tredition Hunderte von Büchern veröffentlicht. Autoren können in wenigen leichten Schritten print-Books, e-Books und audio-Books publizieren. Der Verlag hat das Ziel, die beste und fairste Veröffentlichungsmöglichkeit für Autoren zu bieten.

tredition wurde mit der Erkenntnis gegründet, dass nur etwa jedes 200. bei Verlagen eingereichte Manuskript veröffentlicht wird. Dabei hat jedes Buch seinen Markt, also seine Leser. tredition sorgt dafür, dass für jedes Buch die Leserschaft auch erreicht wird

Autoren können das einzigartige Literatur-Netzwerk von tredition nutzen. Hier bieten zahlreiche Literatur-Partner (das sind Lektoren, Übersetzer, Hörbuchsprecher und Illustratoren) ihre Dienstleistung an, um Manuskripte zu verbessern oder die Vielfalt zu erhöhen. Autoren vereinbaren unabhängig von tredition mit Literatur-Partnern die Konditionen ihrer Zusammenarbeit und können gemeinsam am Erfolg des Buches partizipieren.

Das gesamte Verlagsprogramm von tredition ist bei allen stationären Buchhandlungen und Online-Buchhändlern wie z. B. Amazon erhältlich. e-Books stehen bei den führenden Online-Portalen (z. B. iBook-Store von Apple) zum Verkauf.

Seit 2009 bietet tredition sein Verlagskonzept auch als sogenanntes "White-Label" an. Das bedeutet, dass andere Personen oder Institutionen risikofrei und unkompliziert selbst zum Herausgeber von Büchern und Buchreihen unter eigener Marke werden können.

Mittlerweile zählen zahlreiche renommierte Unternehmen, Zeitschriften-, Zeitungs- und Buchverlage, Universitäten, Forschungseinrichtungen, Unternehmensberatungen zu den Kunden von tredition. Unter www.tredition-corporate.de bietet tredition vielfältige weitere Verlagsleistungen speziell für Geschäftskunden an.

tredition wurde mit mehreren Innovationspreisen ausgezeichnet, u. a. Webfuture Award und Innovationspreis der Buch-Digitale.

tredition ist Mitglied im Börsenverein des Deutschen Buchhandels.

Zeitfracht Medien GmbH
Ferdinand-Jühlke-Straße 7
99095 Erfurt, Deutschland
produktsicherheit@kolibri360.de